清平致福

释证严 · 著

复旦大学出版社

编者的话

文／释德傅　吴佩颖

　　第一次看到"清平致福"这四个字，你想到的是什么？平淡、清苦？为什么"清平"可以"致福"？在现代的社会，人人追求非富即贵，汲汲营营于满足各种欲望，为何要"清平"？现在提出这个理念其目的与对治的对象为何？

　　纵使我们现在所处的社会较过去富庶且文明，但这仍是相对的世界，语言于此也无可避免，我们必须对使用的语言有明确定义。

清平何义？

　　在了解"清平致福"的意涵前，首先，我们必须先了解"清平"二字的含意。清，是"清流"而非清苦；平，是平

淡、平安的生活。清平是以清淡平安的心灵,修心安分,勤俭务实。面对生活用清净的心,多造福。"清平"的定义,是必须相对于现代社会的"奢贵"而言,犹如天秤的两端——一边是"清平"(清淡、平安),另一边是"奢贵"(奢靡、华贵);衡诸现今的社会,渐朝"奢贵"这一端倾斜,实令人忧心。

"奢贵"是人类过度发展物质文明的结果。人类的祖先早期因应环境的变化,四处迁徙,历经百万年,才落脚五大洲,发展各式文明。今日在网际网络的日趋成熟与全球化的浪潮下,经济活动以倍数成长,大大改变了人们的生活形态;过去百万年的发展,相较于现今的进步,不过一瞬;如此快速进步的代价,是消耗过多自然资源,人与自然环境已逐渐失去互动能力,只是一味地掘取、耗用,"奢贵"的心态在此间,更是表露无遗。

过去物资缺乏年代的人们,没有"奢贵"的条件,少欲清心,多了一分简单与质朴。如今我们比过去丰足,欲望不断地在满足后再生,难免有了"奢贵"的作为与念头,"清平"正可用以对治。

"清平"是一种 lifestyle

"清平"除了对治义,将之放在现今的社会,更是未来理想 lifestyle 的展现。网络的兴起,虚拟世界的社群组织正开始集结、影响每一个人的思维与生活习惯,我们可以从博客的蓬勃发展、网络购物消费等现象,察觉这个世界正在改变,这是十八世纪工业革命以来,力道最为强劲的巨变,我们身处其中,必须有所对应。

未来是一个信息多元且庞杂的社会,计算机帮人类运算解决问题,却也创造出更多的复杂,例如因行销而造成的过度包装,反过来迷惑了人们的消费行为,而造成不必要的浪费。现代人的食衣住行育乐,生活种种,充满各式选择与需求;"如何生活",已成了一种需要学习的新"技能",必须有一套清晰且明确的思想理路,才能活得健康,活出个人特色。

如能将"清平"思想落实为一种 lifestyle、一种社群意识、一种新的时尚生活,一如证严上人在本书的实

践，以清流归朴为生活中心，时时刻刻保持头脑清醒，这将是勇于接受创意的、再生的、活力的 lifestyle。

所以简单的、永续的"清平思想"，不是贫苦、空乏的生活，而是从"心"开始的"俭约朴实"生活态度；解决物质富裕而心灵赤贫，得以与自然契合，并找到一种新的互动平衡——自然环境、团体伦理、生活品位等——多面向的观照。

古老智慧的价值观

"清平"思想也是一种价值观，我们可以在祖先留下来的智慧语录中读到，不论是《论语》里的颜回箪食瓢饮，还是陶渊明《五柳先生传》的自足自得，所追求的都是内心的平静，纵使处乱世而能有所持，"无入而不自得"。此一价值观的内在理念核心为"清流时尚"，外显对治方法则是"远离奢华"；而对于财富的追求，只要我们守持正道，清平思想于此无碍。

尤其我们正面临着与生活密切相关的气温攀升、缺水、缺粮，不得不让人正视攸关生存的问题，并寻求

化解危机的途径；因此，将生活回归原味自然，让心不
随欲望奔驰，在在指向应从远离奢华开始。

　　上人在本书之始，揭橥现代社会生活方式的浪费，
一味地追求享乐，殊不知真正的快乐，是来自于"知
足"，生活简单也可以获致喜乐与轻安；倘若人人都能
从个己生活做起，哪怕一个俭省的动作，或是打消一分
花费的意念，都会如滴水涟漪般地产生善的效应，甚至
对大环境造成影响。

　　综观现今的社会，多少人受"有一缺九"的欲望所
惑——为了"补缺"而展开无止境的追逐；然而终其一
生，究竟是否真正满足？上人也指出，贫者深受物资匮
乏所苦，富者却因精神空虚所恼；若富者都能济助贫
者，运用既有的财富发挥大爱，不但能救人又能带动他
人，这可说是社会之福。

致福就是安顿身心灵

　　一般生活在物资不虞匮乏处的人，难以感受与想

象惊世灾难下的人们如何度日，乃至与个己生活的关联性。上人常常提醒大家，必须心存戒慎虔诚、居安思危；究竟明天先到，还是无常先到？人人是否能安然度过每一天？何况我们都是生活在地球村的生命共同体，大地资源哪有永远取之不竭，用之不尽呢？在日常生活中，力行简约与珍惜资源，益显分外重要。

从本书"你可以这样做"，可了解上人倡导回归原味自然的生活，如何简化复杂的生活需求、勤用双手良能；如何减少垃圾、减少浪费，以及省水、省电、省纸；在工作场域，少酒食与应酬；如何减去烦恼是非、少忧郁、多助人；从力行减碳，乃至食衣住行，如何从少食获致身心健康、简单素朴等，实质体现远离奢华之易，让克己复礼清流蔚为时尚。

"你还可以这样做"，则是上项的延伸与小妙方；"生活的智慧"则集合各种生活巧思；"环保小百科"则是补充书中提到的相关概念，裨益读者明了。

此外，从书中可见上人举出诸多实例，其中不乏小人物却恒持大愿力，迄今仍力行不辍者；这些图像多有影音却苦无平面影像,或是由于虽有图照,但是影像不明等因素,无法逐一呈现,不免有惋惜之处,然而尽可能让选用图片以展现文意为取向。

最重要的还是上人在生活哲学方面的引领,让人感受在实践上,其实并不困难。

当我们愿意调整生活的步调,可能会惊喜地发现——只要在生活中稍事用心,就唾手可得那份简单、优雅的安适与幸福;从"远离奢华"到"清流时尚",不论出世、入世,都可以为我们带来身心灵富足,就是致福。

目　录

上编　远离奢华

提供／意念数位科技股
份有限公司

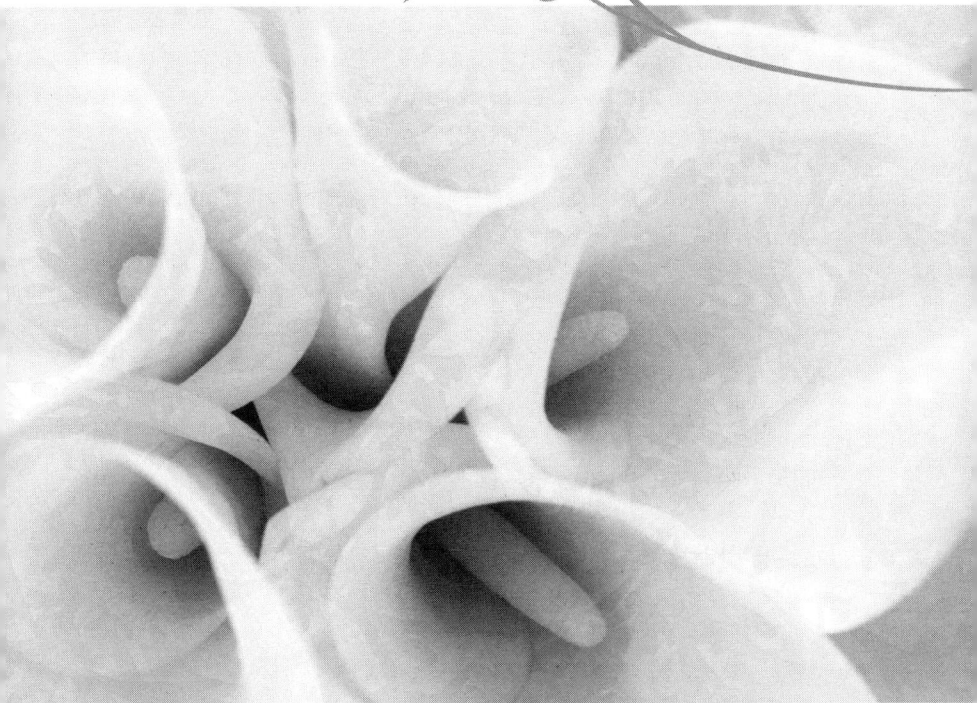

　　现今社会的生活方式过于浪费，很多人在日常食衣住行各方面都迷于奢华。诸如有的人被"美食"迷惑，听说哪里有好东西就想吃，甚至专程搭飞机往返，只为了吃一道美味佳肴。看到新闻报导，一家餐厅以金箔卷菜，标榜美味、健康，要价二十万元，大家还争抢订位，呈现出比富比贵的心态，殊不知是在消磨福报。

　　其实一个人的真正所需不用太多，如寝具六尺半长、三尺宽已经足够，看到市面上贩售各式各样的床具，有的又圆又大，或有讲究式样、材质。曾看过一套浴缸定价新台币两百多万元，我问："这么贵，会有人买吗？"

　　老板说："因为有人用，我才会卖，而且也有很多人买，这还不算是最贵的。"

　　我听了心想：多少贫穷人家只需三五万元整修房子，就有可遮风蔽雨的家，如此已经很满足了。

　　除了追求名利、地位之外，有人还致力享乐，对于日常的休闲娱乐足够吗？不够。以前人向往游太空，现今已经不是梦想,有的富豪花费新台币六亿五千万元,换取一次太空旅行;想想花这么多钱,真的值得吗?

有人则是藉由穿着凸显财富,然而穿金戴银是不是很欢喜?曾看到二则新闻,感到不可思议:一则是外国的服装表演,模特儿展出一套闪闪发光的衣服,据说价值上亿英镑。为什么那么昂贵?不过是多了珠宝,还有鞋子也镶上宝石,同样是天价;另一件报导,根据联合国人道精神组织评估,全球有八亿人口正陷于饥饿,这两件事对比,令人慨叹!

据报导指出,全球每四秒钟有一名儿童因饥饿死亡;前两年因为气候反常,东非发生严重的干旱,逾一千万人面临饿死的边缘。国际人道组织对于全球饥饿问题,预计援助五亿多元美金帮助饥民,这笔金额如大旱中的数滴甘霖,募款过程却是困难重重。

俗云:"知足常乐",无求而轻安自在,才是真正的快乐。我们对物质不要迷信,应明白衣食住行的适当运用;

摄影／Ron Chapple Studios ｜ Dreamstime.com

生活简朴谨慎不浪费，诸如有的人习惯水龙头一开，哗啦哗啦任水流失，有水当思无水可用的艰难，需珍惜自然资源。

有段时间日本倡行"清平"思想，就是心要清，生活简单一点，不要那么复杂。思想要落实于生活中，所以应提倡的是清平生活。"清"就是清净、自在；"平"就是没有欲念，生活清淡、节俭，不需要求物资丰富。

清平生活并非贫穷，有钱未必是富裕；若贪图物质享受，一旦物质损坏、破旧就成为垃圾，垃圾不清除，环境就会变得污秽不堪，反而扰乱自己的身心，这是有钱却"没有用"。我们要做"有用"的人，将欲念降低到清而平，周围诸多名利、地位，不会动摇自己的心，积极投入利他与社会的事,这种境界才高;在不匮乏的环境,将欲念缩小而保持清净,不畏辛苦地付出,就是清平的生活。

知道清平生活的内涵,还需发心立愿实践;实践并不困难,只要专心必有所成,佛典有则公案——有位国王想要找一位不受外境动摇的人。问大臣:"世间要到何处寻找不受外在环境声色而动心的人?"

一位有智慧的大臣回答:"国王,可以到监狱找一位死刑犯试试。"

国王问:"怎么试?"

大臣找来一位死刑犯,要他将装满油的碗顶在头上走一段路,能不溢出一滴油,就赦免死刑,同时在沿路安排美女歌舞。这个死刑犯做错事已经后悔,为了求唯一生存的机会,他很用心地顶着这碗油走。

走完后,国王叫大臣去查验,果然一滴油都没有溢出来。国王说:"你很厉害。沿路那么多美丽的歌妓、舞妓在唱歌、跳舞,难道你都没有听到、看到吗?"

他说:"我都没听到、没看到。"

国王问:"为什么?"

他说:"我只听到自己的心跳,心想不能让油溢出来,这是我唯一的生机。"

死刑犯为了保住生命而能够不受外界影响;我们则是要照顾生生世世的慧命,以及专心一志疼惜地球,那么就更不受他人影响与物欲的诱惑。

生在人间,能自由自在,简单就好;若能简化复杂的生活需求,专注于修心养性、端正行为,就不会有贪欲的心,也能免除复杂的人我是非。

第一章 原味自然

一年四季春、夏、秋、冬轮转,大自然调和,气象才会合宜,土地上五谷杂粮自然丰收。"天、地、人"是大自然,众生在大自然中天养地育——因为气候适宜,万物丰收,食物就不虞匮乏,这是"天养";我们生在这片土地上,土地平安,人人就会平安,这是"地育"。

土地上有无法计数、不同形态的生命,各随其安,同在大地上共生息,享有大自然的调和;然而大地之母承载万物众生,其生命已经天久地老,经过人类过度开发资源,再高的山也挖掘,再高大的树也砍伐,破坏得千疮百孔,大地亟需好好地休养生息。

我们生于天地间,需懂得尊重生命、爱惜万物,生活自然、简单就好,同时培养一分赤子之心,所谓"人之初,

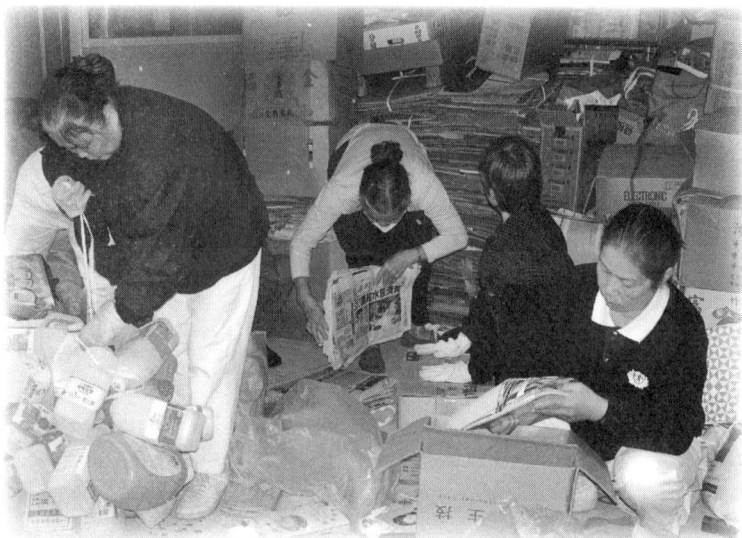

慈济志工投入环保回收,用心分类各种资源
摄影 / 梁妙宽

性本善",若从小保持赤子之心,随着成长,善的心念也愈来愈开阔,就可以成就大善。

　　我们不断地提倡爱地球做环保,诸如在花莲的阿虾师姊,是个平凡朴实的老菩萨,当我们刚开始提倡环保,她认为"呵护地球不能少我一个",所以她很用心投入,迄今十余年。刚开始做时,邻里都会嘲笑她,资源回收是没有智识的人在做的。

　　她会告诉大家:"我们很有智识,为了保护地球才做资源回收,让垃圾变黄金,黄金变爱心,爱心化清流。"她说的话没有经过修饰、包装,是原味的智慧,却包含人生深刻的道理。

阿虾师姊每天沿着两条街道捡拾,常为资源不惜跳进垃圾车里,将能回收的都拿出来,在脏乱中整理出可回收的东西,许多邻里乡亲都被她感动,跟着一起做,带动愈来愈多的人投入做环保。

欣见环保理念日益被接受,全台登记的慈济环保志工已有数万人,大家都是令人感动的菩萨,有的每天一大早四点多就出门捡回收物,有的则是晚上做到天亮,日日夜夜为呵护地球,不怕脏、乱,细心分类,将垃圾变黄金,许多人因做环保而改变自己,也影响他人。

看到他们令人感到未来很有希望,爱的种子已经播撒出去,我们也要加强自己的脚步撒播爱,好好地呵护大地、疼惜地球。每次看见各地传出天灾、人祸,地球正在受毁伤,就感到:不赶快做真的会来不及。

你可以这样做

日出而做，日落而息；
少使用空调，多适应自然；
用尿布、哺母乳；
少沉迷电脑，多与人相处。

┃日出而做，日落而息┃

四十余年前，尚未成立慈济功德会，我和三四个弟子修行，过着日出而做、日落而息的耕读生活。一早起来，做完早课，随着太阳升起，就到田园耕种，无论是豆子或是稻子，每播种一样农作物，就多一分常识。

起初我们在地藏菩萨庙后有一片五分地，第一次是栽种花生。那时有三位原住民少女教我们种花生，她们牵来一头牛，先将土地整平，然后用犁将土犁开，又教我们分辨选种，花生先要剥壳，挑选比较健康的种子。

撒种时，要配合脚步与手势，必须很一致，否则乱了脚步，也会乱了撒播种子的技术与方法。刚开始学会种，心里急着想：今天种下，明天就可以赶紧看看会长成什么样？所以不敢将种子用力踩下去。

摄 影 / Aleksandar Kosev ┃ Dreamstime.com

那三位原住民少女告诉我们："要将土踩得扎实，种子才会长出芽。"天地之间的道理的确很奥妙，两天后，被踩得扎实的土壤有裂痕；隔天再去看，花生的芽就长出来了。

看到种子的韧力很强，附近的农夫也说："种豆子，不要害怕踩得太扎实；愈扎实，伸展出去的根，才会真正的着地，长出来的芽才会强壮。"这些道理很深刻地印在我的脑海中。其实不仅如此，还要灌溉、除草，花生种子若下

得太多，则需移栽，一一无不是道理。

一日耕作后，晚上就和弟子们共同研读与讲说佛经；那段时日虽然物资缺乏，可是心灵很充实，生活过得很轻安自在。

心若没有欲念，生活简朴，自然很好过日子；我们可以尽量节约，人人都能做得到，像是随手关灯，若大家都能养成习惯，省下来的资源就很可观。

一如我的书房平常都是暗的，看书时只用桌上一盏台灯，使用省电的小灯泡，四五十年来如一日。我认为每件物品在手中，都要感恩；因为感恩，就会疼惜；懂得疼惜，自然就会节省。

诸如有时候到静思堂，除非楼上有人等候，为了不让别人久等，我才会搭电梯，否则都是走"法华坡道"【注】。我喜欢走坡道，主因是省电、省能源；其次，可以当作运

【注】花莲静思堂连结一楼至五楼的缓坡，两旁定期展出慈济人足迹，以实际行动表现法华精神，名之为"法华坡道"。

花莲慈济静思堂中两侧斜坡廊道,名为"法华坡道",图为其中一隅
摄影／古亭河

动;尤其坡道两侧都有展示慈济人的故事,每隔一段时日
就会更新,走在其中就可以欣赏丰富的人生风光。

其实在生活中处处可以节省,利用自然、回归原味,
就会有许多妙方。有位简居士家境并不富裕,夫妻俩殷勤
节俭,他们的书房就在阳台上,利用自然天光,看书不必
开灯,可省下一笔电费。由于父母的身教,是子女最好的
教育,所以孩子们乖巧、家庭和谐。

　　"电"是文明的产物，给予我们生活上许多便利，人人都有责任惜用。数年前，日本推动一项关灯运动——夏令时间，晚上八点开始，大家将家里电源关闭，一家人出外散步，或是亲朋好友相约到公园户外小聚。倘若家家户户都关掉电灯，可以减少排放多少二氧化碳。

　　屏东万丹有位王居士，夫妻俩志同道合，他们分得一块三百多坪的祖产土地，提供做环保。乡下地方人情浓厚，邻里乡亲白天响应做环保，晚间就在埕前广场，摆设

摄影／Moon

几张小桌、椅子,点起蜡烛,泡泡茶,大家话家常之余,也凝聚了村庄的情谊,并享受满天星的烛光晚会,多美!

这不只是人与人之间情感交流,其实含意很大:第一,人人都可效法,不仅联络感情,也别有一番景致;第二,大家可以关掉家里的灯,节省能源;重要的是,不仅做到实质环保,还能做好心灵环保。何况家家有本难念的经,彼此分享也能汲取他人生活智慧,可谓一举数得。

慈济大专青年推动"晨钟起,薰法香"的运动,提倡早起听闻佛法。许多年轻人纷纷改变原本夜生活的习惯,都

生活的智慧

"晨型人" 早起,已在许多国家蔚为风潮。尤其在日本兴起时间管理新概念,"晨型人"正迅速掀起风潮;主要概念是:你的未来,决战早晨。日本"早起心身医学研究所"所长税所弘,是在日本推动"晨型人"观念的先驱,他定义:早上六七点起床,只能算"早起";五点起床,才是"晨型人",能利用上班前的时间,为自己人生开拓不同的可能性。想加入"晨型人"的行列,重要的条件是适度的睡眠,而不是前一天熬到半夜,睡没几个小时,就勉强起床,那只会更加疲累不堪。

说早起不但让身体健康，还可多出许多时间温习功课或做环保。

早起原本就是自然的生活，目前推动不过是回归正轨。我们都生活在地球上，呵护大地是人人应有的责任，所以应该身体力行，少用一些能源，以减少二氧化碳的排放。唯有每个人从生活中小动作做起，省电、环保等等，就会累积成一股很大的力量，改善温室效应。

少使用空调，多适应自然

社会上有段时期流行"三温暖"，很多家庭环境好的人，为了减肥、身体健康，家里也有三温暖的设备。我曾在一位企业家的家里看过，他表示要用来减肥。我问："怎么减肥法？"

他说："原理就是要流汗，泡热水泡得热热的，再用蒸气蒸得流汗，让热气促进体内的新陈代谢，流汗会消耗身体的热能卡路里,就可以减肥。"

现代人大多没有流汗的机会,因为家里装冷气,室温调节得很凉爽,出门坐车,车里也有冷气,怎么有机会出汗? 吸收的营养又过于充分,才会卡路里太高而产生肥胖症,加上没有运动的机会,当然会体虚发胖。

大家都喜欢享受,早上赖床晚起;在生活中夏有冷气,不要燠热;冬有暖气,不要寒

大自然的清新令人向往,此为位于三义的慈济志业园区慈济山景象
摄影／徐明江

冻,这种享受叫做随心所欲,没有"忍"的功夫。很多人都建议精舍装设冷气,我总是推辞;我认为,人要顺应大自然,才是真正的生活,大自然有春夏秋冬,倘若夏天不热、冬天不冷,是违反自然现象。

精舍的生活不装设冷气机,周围宽广无遮蔽;天气热的时候要适应,流汗是人体和大自然的配合,不要怕热也不要怕流汗。天气冷时,多穿一些衣服,配合冬季的时节,不要动辄使用暖气;能合于大自然的常态,才是真正的健康之道。

无论自然的境界如何,随着自然的境界生活,在户外树荫下做环保,可以享受大自然的芬多精①;稍微活动筋骨自然排汗,也可促进新陈代谢,对身体、心理都有益,同时养成生活中忍的功夫。

人生,自然就是美;既然来人间一遭,就应该守好本分,如此才不会在生活中追逐物质的享受,让心生烦恼,

---

① 芬多精:即 Phytoncide,是植物为抵御害虫或微生物的侵扰而释放的植物杀菌素。——编者注

而无法与大自然融合。

　　回归自然的生活,心境才能清澄、宁静,这是自然的美;反之,若一味地追求物质与身体的享受,导致心的欲念不断地扩大,终至造作损己害人的事。有形的火可以用水扑灭,但是心火一起,就很难浇熄;况且人与人之间,常会误入欲念陷阱,让人在财、色、名、食中欲火中烧而无法自拔。

　　古云:"星火燎原",也许只是一点点欲念,感觉才贪这么一点点而已,但是欲门一开,犹如星火,哪怕是一小段烟蒂,也会引发森林大火;何况我们的心念假如有一点点的不轨,脱轨后想要再导正,那就难了。

生活的智慧

　　聪明绿建筑:"内政部建筑研究所"指出全面使用空调的大型建筑物,为降低空调负荷,可采用较集中的正方形,减少表面积也减少日照的热;顾及日光分布与通风,一般较适宜以一比二或一比三长宽比之南北向建筑为佳。开窗可以选择内倒方式,主要让风从上方进来,将集中在上方的热空气带走,下方的冷空气,保留在屋内。

　　我们要好好保护自己本具清净的心，不受外界的利诱而动摇，所以要守戒以"防非止恶"，就如现在计算机设有防火墙一般，避免病毒潜入破坏。

你还可以这样做

　　拔插头省能源：据"消基会"测试，倘若家庭里有二十台电器随时处于待机状态，一个月最高可多支出七十元电费，最多则会排放近二十公斤的二氧化碳。

用尿布、哺母乳

　　老一辈人生活都很简朴，衣服若穿破，会一再缝补；现代一般人不太会补衣服，甚至不知道如何拿针，衣服破了就丢弃，有的甚至还很新就扔掉。

　　以前衣服破损，除了缝补之外，若是破旧到不能再补，就收藏起来，等到娶媳妇生孩子，再将这些破旧衣服拿出来，改做成尿布，尿布洗一洗还可以反复使用。如今孩子都用纸尿布，用一次就丢弃，不但造成垃圾，还需砍树制造原料。

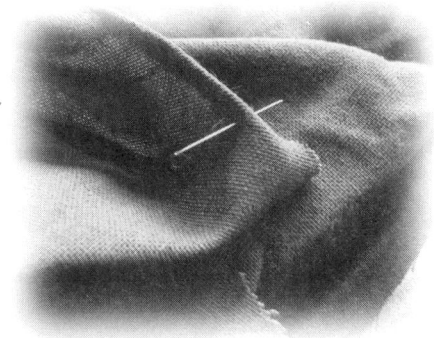

摄影／Moon

由于生活方式的不同，老一辈的人若将经验说给年轻人听，年轻人就说："那是古早的故事，和我们现在没关系。"记得我呼吁建医院时，有位妈妈带着她的女儿来听我说话；我提到环保，尿布若能用洗的，不要完全仰赖用过就丢的纸尿布。那时小女孩还不到五岁，她的弟弟才一岁多，她回去就对弟弟说："弟弟，你不能再包尿布了！师公说要节省下来，可以盖医院。"

她弟弟当时还不会说话，听了就动手拆自己包着的纸尿布，意思就是不要包了。从此给弟弟买纸尿布的钱就存进扑满，捐作建院基金，如今小姊弟俩都分别上大学、

中学了，还是定期存扑满捐善款。

　　孩子不是不能教，端视大人如何教育。以前人常说，要感念父母把屎把尿的恩德；父母不嫌臭、不嫌脏地为子女清洗秽物，一步一步地教导孩子如何上厕所等生活技能，这都是亲子间最基础也最亲密的教育。现代让方便的用品取代，亲子之情是否也会随之淡薄了些？

　　由于社会风气的改变，作母亲的不想喂母奶，孩子出生后就喝牛奶、羊奶，以致农牧业持续扩展；要放牧，

新西兰农场
提供 / 经典杂志

必须砍伐树林，种植牧草供给牛羊。砍伐树木会破坏水土保持，而且大量畜养牛、羊，需要多少牧地，加上动物们的排泄物污染大地，都会造成环保问题。

人从一出生就喝牛奶，长大却吃牛肉、啃牛骨，或是穿牛皮等，可知这都是每个人在生活中，因为过度的需求而破坏大地。现在许多地方因大量牧养动物，草被吃光了，加上干旱，没有雨水滋养，草根不断地被刨出，草原逐渐沙漠化。

想想人所造的祸很可怕，所以饮食方面，应该吃得天

然；我们一直宣导生孩子要自己养，不要送去给牛羊养，自己喂母奶，将孩子抱在心窝前吃母奶，多美啊！俗话说"母子连心"，就从这里开始；母性之美也从哺乳展现出来，所以父母生子，母亲应该要喂养孩子，不要让孩子去做牛子，养成牛脾气，日后要调伏就很难。

家庭伦理，应是父慈子孝，若是心念偏差，家庭次序就会紊乱；由于心的偏向而不在正轨上，不论是家庭的伦理，或是待人接物，道理愈来愈淡薄。俗云："逆天者亡，顺天者生"，人若不顺天理，自然法则就会遭受破坏，于是天灾频传、人祸不断。

如人人守好交通规则，道路就会顺畅平安；若要逆道而行，或是超速，无疑是自招祸患。所以顺天理的人，都是有福人；假如逆道而行，想要求得平安也难。天理是什么？是心灵的道德观念；所谓"积善之家必有余庆"，人人守好自己本分，做好自己该做的事，就是顺天理。

大自然的法则已经遭到破坏，大家要努力回归自然的法则。我们提倡多惜福,能用就多利用,让人人能知道惜福,地球的资源就会减少消耗。

你还可以这样做

自己种植蔬果,健康安全又环保——利用自家阳台、屋顶或社区附近的荒地,自己种植蔬果,能够减少对外来食物的依赖,也可确保蔬果不使用农药、化肥。农药、化肥都需由石化原料制成,对健康、环境有害,也相当耗能。

摄影 / Berlinfoto | Dreamstime.com

少沉迷计算机,多与人相处

人生不留白,时间不要空过,年轻人有本钱,但也要步步踏实、踏对,不能有一步的差错。现代人很幸福,教育资源充裕,人人都有受教育的机会。是否大家都能懂得惜

福?不懂得惜福的人,就不幸了;到底是幸或不幸?其实只在一念间。

曾看过一则新闻报导——有群日本青少年在网络上相约集体自杀,他们互不相识,只是在网络世界中交往,却选择一起烧炭自杀,被发现后通知救难人员,已经来不及。

年轻的一代常沉迷于网络玩乐中,也曾看过有个年轻人,玩计算机、电玩太多,父母亲稍微管教,孩子就做出自杀的傻事;不但自我伤害,折腾父母的心,也做出大不孝的举动,甚至耗费社会资源。

现代的父母难为,"爱"与"教"如何才能平衡?爱得过多、呵护太好,担心小孩变成"草莓族"——轻轻一碰就烂了。身为父母实在是苦不堪言,到底发生了什么事情?现代青少年的心态,是否出现什么问题?

其实应该让孩子们多多走向户外见证人生,才知道自己是否身在福中不知福。诸如慈济有"快乐健康营",让慈济感恩户的孩子们参加营队活动,有机会享受一个快乐的童年,或是"慈青志工队",让青少年孩子们看看各式各样的人生,看到别人的苦,才能知道自己的幸福;同时也可以从服务中懂得很多道理,培养开阔的心胸,启发一份爱心。

人与人多多相处,自然就会有浓厚的感情。在台中太平山上有对老夫妻,开一家杂货店,不但贩卖生活杂物,还给人方便、为人服务——由于山上路难走,邮差和山区居民,都把这家杂货店当作联络点,邮差将信送至杂货店,山上的人再到店中拿信、报纸,若有人要邮寄信件包裹,也托杂货店交给邮差。

有时候村民若需要日用品,虽然经营杂货店,就是要卖东西赚钱,但是老夫妇会将新的物品先借人使用,即使用到旧了再还也无所谓。山上

摄影 / Moon

的老人家有事,会来找他们帮忙;年轻人有困难,也会来找他们协助;小孩子要读书,他们也会给予鼓励。人与人之间就如一家亲,整个村庄如同他们的亲人,像以往的"三叔公"、"九婶婆",有那份浓厚的人情,回归温馨的古早味。

老板娘很有智慧也很知足,虽然她有一只脚在务农时摔伤,受到感染而截肢,仍在经营杂货店之余,还勤做环保,杂货店外就是一个环保站,问她:"阿嬷,您脚不方便,为什么还要做环保?"

你还可以这样做

与邻居朋友共用——一年煮一次粽子的大铁锅,只有换灯泡才用得到的马椅,换水龙头才用的扳手,用不到半年的宝宝背带……这些都是不常用却又需要的物品,如果左邻右舍、亲戚朋友能互通有无,对个人而言可省下不少开销,对地球来说,也能少开发一点资源。

她说："我们能做就要很欢喜——能做就是福；而且我还有一只脚可以走路。"

这对老夫妇长年累月地给人方便，就是与人结好缘，付出无所求；这份心宽念纯，多么可敬。所以人与人相处的大环境，无不都是在教育中，让我们懂得待人处事。

第二章　双手万能

　　时下的年轻人常懒于体力劳动，有段时间听慈济大学反应，要在校园内辟道路，让学生骑摩托车。其实学生可以步行，也是一种健康之道；宿舍和学校距离很近，若骑摩托车，不但制造噪音也会增加二氧化碳。

　　人类自诩为万物之灵，若不能充分发挥身体功能，不就等于作废一般，那就太可惜了。有的人好手好脚，却什么都不愿做，将双手保养得非常好，或是逃避劳动、贪图安逸享受。生而为人，应该要精进，好好地发挥身体的良能——只要有一口气在，就要做个能为人群付出，不慕时荣、不羡享乐的人。

　　我常说："人生（身）没有所有权，只有使用权"，人生无常，生命只在呼吸间，一口气不来就没有了，何尝拥有身体的所有权？许多人从小到大都悉心照顾身体——为

大林慈济医院大爱农场水稻作物,经插秧、灌溉,院长率院内同仁们一起下田收割;让平日抢救生命的医师们化身为农夫,体验动手做的田园乐趣

提供／大林慈济医院社区医疗部

它吃、穿,甚至计较;可曾思维:如何充分使用身体的功能? 让它提升价值或白白蹧蹋? 端视个己的抉择。

其实生命的意义与价值,不在于长短,只要心念单纯、行为良善,即使生命短暂,也发挥良能。

有价值的生命,心念单纯、宽阔,谨守人伦道德观念而不偏差,是自爱;能自爱的人,也会受人喜爱。有智慧的人,会善用父母给我们的身体,坚守做人的本分,尽个己良能,为社会付出;能付出人人都本具的爱心,就能提高生命的价值。

人类的双手万能,可以创造一切,也能扶助他人、保护地球;所以能做就是福。

你可以这样做

多煮饭,少外食;
洗碗筷,少制造垃圾;
多用手洗衣,少用洗衣机;
多走路、骑单车,少骑机车、开车。

|多煮饭,少外食|

从前一个家庭算"一口灶",意思是看见炊烟升起,就

知道这家正在生火煮饭;一个家庭每天有米下锅,这口灶
能煮饭煮菜,可说是一个真正健康、幸福的家庭。

现代社会饮食文化,令人担忧,曾听闻台湾人一年吃
掉数条高速公路,这种譬喻并无太过;据统计,二〇〇六
年台湾在外饮食的花费,就超过新台币三千亿元[注]。

摄影／Moon

【注】根据"经济部"统计,二〇〇六年台湾餐饮业整体营收达三〇六五亿元,创下历
　　　史新高纪录。

有许多人家里不煮食,三餐都上馆子或买便当;可知外食一餐需消耗多少资源? 制造多少垃圾? 买个便当,不只是一个纸盒或保丽龙、塑胶盒装面、饭,还外加一个塑料袋、一双筷子;尤其包装筷子还有一层塑料套。想想,一餐就消耗多少? 一家有多少人? 一天有多少?

这些垃圾一丢,也许在家里看不见,但是看看台北内湖的一个垃圾山,以掩埋处理,讵料三十余年后再挖开,深埋底下的塑料垃圾仍旧完好,未见腐烂。

其实在家用餐,也是维系家庭亲情。人本之道,始于家庭伦理,父母恩重,我们要以孝回报,懂得孝顺父母,将来为人父母时,家庭伦理才能延续。

外食除了制造垃圾之外,也没有在家同桌用餐的气氛,亲子之情也会慢慢地淡化;家不只是睡觉的地方,还应该有温暖。

家庭要温暖,必须有健全的生活,若能亲情常聚,可以让孩子们知道父母亲忙些什么,父母亲知道孩子的生活是否规律、正常。最佳共聚时刻，就是吃饭时间，所以回家吃晚餐，除了吃到健康、干净的饮食之外，也是一种正常生活。

其次是卫生问题，现在疾病很多，往往是"病从口入"。为什么不在家里，营造温馨的气氛，准备干净的食物，不但省钱又卫生，也不会造成用餐时间的塞车，不是很好吗？

我们应该调整生活，不一定要奢华，上市场买菜不需多少花费，一家人就能温饱；各种口味也可以自己烹煮调制，做出可口的菜肴，既有成就感又能照顾全家人的健康。

你还可以这样做

1. 洗菜的水过滤后，留做冲马桶之用。

2. 减少繁复的烹煮，多食用食物原味，也可减少瓦斯与电能的消耗。

|洗碗筷，少制造垃圾|

为讲求节省时间，免洗碗筷的使用很普遍，吃完就丢，都是垃圾，累积起来相当惊人。大爱台记者曾访问夜市，小小的饮食摊一晚要用掉八百个免洗碗，加上八百双免洗筷，算算一个夜市甚至全台，一天产生多少垃圾量？

大量使用免洗餐具，除了制造垃圾之外，也不卫生；譬如免洗筷，可知如何制造？有些制造的过程很粗糙，竹子砍下来机器裁修成形后，就用化学物质漂白，接着并未清洗直接包装，加上运输过程很可能遭到虫鼠污染，而且存放过久或不当筷子会发霉；此外还有戳人的竹刺，其中所含的细菌有多少？用这样的餐具，对健康都造成不良影响。

有位杨居士开饮食店，坚持不使用免洗筷，并在店里标示"不供应免洗筷"，还在桌上贴些剪报或资料，告诉客人这种筷子有何坏处，宣导不要使用一次就丢掉的免洗筷。店里所有的餐具、碗筷,他都很用心地清洗,再经红外线消毒,同时全程向客人公开,让大家安心,所有餐具都能重复使用。杨居士表示,清洗虽然麻烦,但是能减少垃圾,很值得。

病从口入,我们提倡随身三宝——环保碗、筷、杯,餐具每天清洗才干净,出门时,至少带着筷子和杯子,就不必担心在外饮食,使用到不卫生的餐具;而且免洗筷或纸杯很浪费资源,杯子、筷子体积不大,随身携带,总是保护

慈济倡导平日需带"随身三宝":环保碗、环保筷、环保杯提供／慈济基金会人文志业发展处

自己的身体健康,还能珍惜地球资源,就从自己做起。

一九九七年,有位美国海洋学家在海上发现巨大的垃圾涡流,而且范围不断地扩大,其中九成是塑料类垃圾,受洋流影响,会合成"海上垃圾山",严重破坏海洋生态。

垃圾的确是一个很严重的问题,倾倒在陆地上,占用土地,污染土壤,如何种植农作物?人类以五谷杂粮维生,倘若没有土地可供种植,或是土地、水源遭受污染,无法种出农作物,即使富有财富又能如何?垃圾被倾倒于海

洋,漂浮海上、污染海水;鱼吃垃圾,人再吃鱼,这种恶性循环,实令人忧心。

生活的智慧

　　天然洗洁精:洗米水,可洗碗,去油腻;加盐可去腥味。可擦洗地板。含丰富矿物质,还可用来洗脸。

　　人类追求生活便利,却无法预料导致何种结果;发明家也无法觉察发明的物品,将来会不会酿成祸患,就如塑料发明迄今不过百年的历史,因价格低廉,又能普遍地运用,而大量制造、使用,轻易丢弃后,却成为千年不化的垃圾。

你还可以这样做

　　出门多带几条手帕代替面纸,一条擦汗,一条擦拭环保碗筷,减少纸张用量,手帕可清洗循环使用。家庭清洁多使用无毒、少污染的清洁剂,以减少排放的污染。

| 多用手洗衣, 少用洗衣机 |

现代生活多仰赖科技发明, 讲求方便、省时、省力, 就如使用洗衣机洗涤衣物——水槽的运转, 水量不断地注入, 边运转边流失, 的确很浪费。

很多人可能已不习惯用手洗衣服, 然而地球危机当前,

摄影 / Sandra Cunningham | Dreamstime.com

我们对于基本
的水电能源要
能省则省,尽量
少用洗衣机、烘
衣机,因为双手
就是最好的洗
衣机,太阳就是

摄影／Noam Armonn | Dreamstime.com

最佳烘衣机,衣服晾晒一下就干了。

　　我觉得最美的手,是摸起来很粗糙的——这样的一
双手是饱经风霜,不断地做事,才磨得皮变厚、变硬,是真
正发挥功能,也是最有价值、最亮丽的人生。

　　每次看到这样的手,就会想起老一辈的人,他们从小
到大劳务从不间断;在家中做粗重的工作,尤其在乡下,
女孩子从小必须帮忙家事,包括洗衣服、煮饭。有的个子
较小,大锅大灶太高,还需搬椅子垫脚才能煮饭;长大嫁
人,尽心尽力照顾公婆及大家庭;生了小孩,要教养子女;

儿子娶媳妇,媳妇生孙子,该享清福了,许多老人家又投入志工做环保,那双手从未休息,因此在生活中创造许多奇迹,为人生奉献甚多。

其实每个人的双手都是万能的,诸如:老师的手拿着粉笔在黑板上写,拿笔改作业,用爱教育,成就许多人才;而社会的保姆,警察先生的双手是除暴安良,维持社会的安全;医师则是尊重生命、抢救生命;各人有各人的良能,都是可以发挥良能的手。

生活的智慧

减少开启冰箱和冷冻库:冰箱门每打开一分钟,必须高耗能三分钟回温,冷冻库打开六秒钟,要花半小时回温。同时冰箱位置避免放在会散热的家电旁及阳光直射处(英国国家能源基金会:www.nef.org.uk)。

关掉一个电脑屏幕一晚上所省下的能源,足够供微波炉煮六顿晚餐。

其他如冷气机等家用电器,可以不用就不用,这是节省能源,减少排放二氧化碳,减缓温室效应,每个人都可以做得到,就从自我的生活习惯开始。

| 多走路、骑单车,少骑机车、开车 |

若人人都能勤劳,可以让地球的空气保持清新,资源也会持续充足;在生活中都可以做到,诸如减少搭乘电梯,选择走楼梯是勤奋的表现;勤俭生活并不难,不但可以减少用电量,也可以减少制造碳足迹。

此外,少骑乘汽机车,中短程的距离尽量走路或骑脚踏车,既运用身体功能又健康,而不必借助健身器材。我们一定要发挥人身的本具潜能,不要闲置与生俱来的功能;若是距离较远,可以选择搭乘大众交通工具,例如火车,载运量大又安全。

慈济基金会的同仁们也纷纷响应,有的住得近,就走路上班;较远一点的骑脚踏车,有的人从花莲市区骑单车

到精舍上班,有的搭区间车[注],或是共乘一部车上班。

高雄有位先生从事汽车材料买卖,每一次出差到台东,都是骑脚踏车前往,来回三百多公里,单程要八小时。他分享:"天未亮就出门,到了台东,还可以做做生意,然后回家。"一天二十四小时,来回十六小时,还有一点时间做生意。他自己做汽车材料的买卖,却不宣导开车,而宣导骑单车。一般人会想,若是提倡骑脚踏车,那么汽车零件就会滞销;然而他就是一份坚持,如此没有做不到的事,也可以不自私。

许多先进国家,诸如法国、瑞典、美国等,已警觉人类大量制造碳足迹所造成的危机,所以鼓励大众多利用公共交通工具,例如法国鼓励大众搭乘地下铁、提倡骑脚踏车,政府在市区提供自行车租借,市民可以利用脚踏车来往地铁站与公司、住家间,便民又能节省能源。

有人认为,推动骑脚踏车并不容易;其实每个人都有

【注】花莲慈济医院所在到静思精舍约十公里,两地每日有区间车往返。

本能,或许各有不足与缺乏之处,但是莫轻己能,也不要轻视任何人,只要多下功夫弥补缺点,自己有心立志努力,就能发挥无限的潜能。

所谓"天生我才必有用",我们不要妄自菲薄,自卑是自己最大的敌人,也会对自己产生很大的伤害;这种心态让自己不知不觉地犹如废人,而且是在无形中,潜伏于心灵,岂可不慎?

用心就是专业,抱持"没有我不能的事"的勇气与毅力,人人都很完美。社会上每个人都有功能,也有本具纯真的爱,若能将这份爱集合起来,身在爱的大环境中就会

互相教育，大家共同那份无私大爱汇合在一起，就是最好的环境。

环保小百科

九二二世界无车日：一九九八年法国绿党领导人、时任法国国土整治和环境部长的多米尼克·瓦内夫人倡议"今天我在城里不开车"活动，九月二十二日法国三十五个城市限制机动车进入城区，设立步行区、自行车专用区。隔年由欧盟发起"欧洲无车日"活动，进一步唤起市民的环境保护意识。迄今国际上已有一千五百个城市开展过"无车日"活动。

第三章 节约勤劳

古人云:"静以修身,俭以养德,非澹泊无以明志,非宁静无以致远。"现代社会很多人追求物质享乐,尤其展现于消费上,以致背负一堆卡债,造成很多社会问题。加上工业发达,大量开发生产日常用品,供应愈多消费量愈大,而形成一种恶性循环。

人有寿命,物也有物命,能用的东西,就应使用久一些,充分发挥物品的物命,回归生活澹泊,不要奢侈;若轻易地汰旧换新,就会制造大量的垃圾。

在宇宙的大空间里,人人生活在天盖地载的同一片土地,尽管有大海相隔,其实海底土地仍然相连;所以人类应该要有共同理念——疼惜地球、力行节约。

古云:"大富由天,小富由勤俭",为什么"大富由天"?

慈济苗栗园区布置的古早区一角,朴实中蕴含前人的智慧
摄影/徐明江

有的人一生下来, 就在很富有的家庭环境, 父母也很疼爱,这是过去生中懂得惜福、造福,才能有如此的福报;然而福报也会有享尽的一天,业力同样会来,所以无论此生是贫或富,都要懂得造福。

如何造福?我们不断推广环保观念,大家普遍生起这份爱心,立下宏愿,没有做不到的事;厂商也愿意来收,大家都会做分类,分类得很细,诸如塑料罐、玻璃瓶,并且细分不同的颜色,将相同颜色的瓶罐整理干净,一打十二支仔细地捆绑,看到回收的瓶罐堆叠得像座山,想想小数字累积起来也可观。

更重要的是,这份积少成多的爱心,能节省资源,不必一直开矿、砍树、钻探石油。大家若能将使用过的物品,分类回收再制,使其充分发挥物命,是惜福也是造福。

生活勤劳,懂得动手做事,就不会怠惰;惜福的人,自然会节约,若懂得节约,就不必一直购买,一直使用。

倘若大家都能回归古早社会节约勤劳的风气,秉持"大富由天,小富由勤俭"的美德,也能带动社会形成一种善的循环。

你可以这样做

少浪费,多惜资源;
少汰旧换新,多选耐用物品;
废物利用;
省水、省纸;
随身三宝,购物袋。

|少浪费，多惜资源|

　　台湾虽然有数十万人在推动与力行做环保，但是丢弃的人仍然非常多，捡拾的人再多也来不及。诸如在生活中最令人感到可惜的是厨余；尤其是在国际新闻中看到，全世界平均存粮只剩下大约六十天，有三十多

世界粮荒危机频传，地贫天旱粮歉收，有幸丰衣足食者，应分外惜粮
摄影／颜霖沼

个国家发生饥荒[注一]的情况日趋严重,大量的厨余让人感到不应该[注二]。

台湾俗谚:"一粒米二十四点汗"。以前人吃饭,即使是一粒饭都要珍惜,假如没有将饭粒吃干净,长辈都会告诫,小心遭天谴。

曾有一个个案,在大林慈院的心莲病房,有位十二岁的孩子陪伴着癌末的妈妈,这个孩子每一餐都会将妈妈无法吃完的饭菜吃光。

医院的志工关怀他:"你没有带便当吗?"

他说:"我要先等妈妈吃,剩下多少我都要吃光。"

妈妈很不舍地说:"孩子,你不要吃妈妈剩下的,妈妈有病。"

孩子说:"妈妈,我小的时候,您常常讲故事给我听,

【注一】二〇〇八年初联合国指出天灾影响农作存粮不足,生物燃料的排挤效应,粮价飞涨,许多第三世界国家面临缺粮危机。

【注二】厨余量激增,"环保署"统计二〇〇一年每日厨余量约八十吨,二〇〇七年每日约一八〇〇吨。

我曾记得您说过,人死之后要过奈何桥;过奈何桥之前,要先吃完生前所倒掉的厨余。所以我现在替妈妈吃光剩下的饭菜,不要剩。"

这是多么孝顺又懂得惜福的孩子。

我们在环保场或垃圾场,常会看到很多垃圾都是家具,这些家具需要砍伐树木制成,还有居家装潢等等。大家生活富足就会很讲究,动辄装修居家,即使还好用的家具,却为了流行,拆掉重新装修,破坏的东西就成了垃圾。

倘若能惜福、爱物,对于任何食物或物品,都会舍不得丢弃,或是随意浪费;若有惜福的心,自然不会那么快汰旧换新,而制造出许多垃圾。

有对范居士夫妻非常节俭,他们平常做环保,凡事懂得节省,雨水回收再利用,一个月省下不少水费;小至旧鞋穿到鞋底磨平,范居士很有智慧地在鞋底锯出一些痕迹止滑,他表示这样也很好穿。

时下的人喜欢追求名牌,讲究享受;正因如此,才会衍生许多环境问题。我们在回收资源的过程中,常见许多功能无损的物品,只是稍旧就被丢弃,环保志工回收后经过整理都还能使用。

大家在日常生活中,已过度消费,诸如现代家庭常到外面买早餐,烧饼、三明治、豆浆等;中午、晚饭则是约在外面馆子消费。想想,都是在外消费,应该要多多惜福,节省一点;例如少喝饮料,不要喝瓶装水,而是直接喝开水。每天煮早饭的同时烧开水,自来水经过煮沸,卫生又便宜。买一瓶矿泉水的钱,应该能烧一缸的水了。大人、小孩要上班、上学,装好一壶烧好的开水带出门,这是既经济又有保障的饮料。

矿泉水价格昂贵,而且用宝特瓶装也不环保,若能节省饮用矿泉水,就不用制造那么多宝特瓶,减少排放二氧化碳。

粮食是我们维生的资源,树木是吐新纳垢,提供新鲜空气的绿资源;水更是众生不可或缺的生命之源,我们都

要珍惜,减少浪费,才能让地球永续发展。

曾经有位美国教授宣导大家要具备环保意识，但是他困扰于找不到环保与人贴切有关的伦理，以及能与地球相契合的道理。

当他听我说:"疼惜地球"，他表示这句话很有力量，但是他仍无法了解"疼惜地球"的意义;我说,每个人心中都有爱，需用心疼惜地球,如同疼惜自己身体一样,我们舍不得让地球生病,就如同关心自己的身体,不要有病痛。

瓶装水造成污染问题,户户烧开水,节省又卫生
提供／罗康儒

"疼惜地球"说起来很遥远，做起

来很简单;只要从自己的周遭做起,人人疼惜手边的物质就能减少消耗资源;减少消耗资源比回收的力量更大。

这位教授肯定我们真正做到减量再回收的理念,他要将这份理念带回美国,并且运用在人的心灵伦理与环保理论结合,但愿环保能从大家的手边做起。

你还可以这样做

购物时,选择包装简单的产品;鼓励厂商避免过度包装。

少汰旧换新,多选耐用物品

我们从现代人生活水平来看,面对愈来愈进步的社会,人人需要克制欲望,因为人与人相处难免互相比较,都想要比别人更好、更流行;倘若能用的东西好好地爱惜、利用,不轻易丢弃,这种惜福爱物的价值观,应该大力推动。

　　台北有位环保志工,平常摆路边摊卖米苔目①,家中布置简单,很多家具桌椅都是别人丢弃他们回收来用;有时捡回来的衣服还很新,洗一洗、熨一熨就很漂亮,不仅自己穿用,还可以送人。

　　他的孩子受到父母节俭生活的熏陶,即使使用回收的物资,也用得很欢喜。有一次爸爸带全家人做分享时,在台上谈到家人都是穿回收的衣服、鞋子,同时也让孩子上台,然后对大家说:"我儿子穿的这件夹克,也是从垃圾堆捡回来的。"小孩子很高兴地站在台上展示。

　　后来我问他:"小朋友,爸爸捡回来的衣服,你会不会排斥?"

　　他说:"为什么要排斥?这些都很漂亮,穿起来很舒服。"

　　那时我听了好感动,就问:"你穿这些捡回来的衣服,同学会不会笑你?"

----

① 米苔目:又叫米筛目,用米和番薯粉做成,是台湾著名的美食。——编者注

他说:"为什么要笑我? 我是在造福。"多么有智慧!

我说:"你这双鞋子呢? "

"也是捡回来的。"

他说得很自然,我说:"你真乖。"

"这是应该的,我们要惜福,不应该再消福了。"

父母用爱付出,孩子会学样。衣服的功用是让我们遮体,是一种礼节;再来是让我们御寒,保持温暖,只要整理得干净,穿起来合身,用钱买回来的和捡回来的有何差别?

其他日常用品也是一样。其实有很多东西可以继续用,有些人喜于汰旧换新,东西丢了再买;可知再买的新品也需要制作和原料的供应,制作的原料从何而来?就是从破坏山林的资源而来。破坏山林,水土便无法保持;水土无法保持,一遇到大风大雨,我们居住的土地就遭到破坏,最终受害的还是自己。

还有冷气机、电视机、计算机等等,消费者不敌广告

摄影 / Rony Zmiri | Dreamstime.com

的诱引，或是推陈出新更好用、更多功能的便利，大家就纷纷淘汰换新，形成更多垃圾。倘若不要那么快就淘汰，垃圾场就会少了这些垃圾，家里也不必花钱再添置。

若真的需要购物，也要慎选材质，像塑料类、保丽龙类等，很难腐烂；多选择自然材质的物品，循环使用，才符合自然。就如以前衣服都是棉织品，种子会合水、阳光、空气，在土地上生长，之后采棉花、抽丝、织布，做成衣服；穿到破了,将衣服变成尿布、抹布等,直到不能用,埋在土里腐化变成有机肥养育万物,回归自然,这无不都是人的智慧;能惜福、爱物,就能合于大自然的生活,社会也会更富有。

你还可以这样做

使用家电前详看说明书,避免因操作不当而产生安全问题,或造成无谓浪费及缩短电器的使用寿命。

|废物利用|

现代社会风气讲究奢华,许多人为了追逐潮流,总会一窝蜂大肆购买相同功能性的物品, 由于崇尚流行反而很快地被淘汰,而后再买新货,如此循环不已,不仅浪费,也会大量制造垃圾。

幸好现在有愈来愈多的环保志工,呵护着大地,尽管物品被丢弃,这群志工们就捡回来,分类回收再制;不可回

摄影 / Ermell | Dreamstime.com

收的物品,就想办法化腐朽为美丽的景观,实在令人赞叹。

在高雄柳桥的慈济环保站有一条白色的小路,原来是收集被丢弃的高尔夫球,所铺成的健康步道,很有智慧。他们还废物回收,仔细地挑选素材,利用废料造出一座凉亭,让矮篱开满塑料花,绿中有红,颇具巧思。

另外有个坏掉的石磨,很有禅味地堆叠在空地上,再引来水流,接上竹管,水声潺潺,下面水池种上莲花,有着涤净心灵之效。在环保场看不到不整齐的回收物,这都是志工们"扫地、扫地、扫心地",以及"挑柴运水无不是禅"的具体实践。

环保志工并非艺术家,也不是大学问家,却个个都是呵护大地、美化人生的人间菩萨。人生只要有心,没有困难的事,融合经验就是专业;以回收物造景,还能藉此教导大家,哪一样可以回收,或是不能回收,以及为什么要做回收的原因与意义。

听说有位幼儿园的小朋友听完志工的解说之后,突然对志工说:"对不起。"

志工问他:"为什么?"

他说:"昨天老师说要带我们去环保场,我很不高兴,为什么要带我们去垃圾山?我今天才看到了,原来是青山绿水很漂亮的环境;我学了很多,感恩。"

小孩子来到这样的环境里,就会启发他们纯净的智慧,这是大自然的教室。我们看到有许多家庭,父母亲投

入环保，将孩子也带入环保场，当作游戏的空间；做环保是最好的游戏。这群孩童，他们知道不要贪心、贪玩，而懂得惜福、不浪费，可谓寓教于乐。

有个四岁的小朋友常去环保站做环保，平常在家所玩的玩具都是环保回收的，有人问他："再买一个新玩具给你好不好？"

"不要。"

"为什么？"

"太浪费了。"

有时候跟着妈妈到外面去，还会对妈妈说："妈妈，稍停一下，那里有宝特瓶。"赶紧去捡拾，这种无贪念而知惜福、造福，从小就可以培养。

环保站不仅发挥回收、资源分类等等好的功能，有些还会将回收站的周围路口，布置成大自然的景观，俨然是一个自然教室；很多老师都会带学生来上环保课程。

环保志工有老有少，大家在这里用心整理，报纸仔细

地折,捆得很整齐,每个人都做得端端正正;有人患忧郁症,在这里做环保做到开启了心门,而且很认

废纸回收
提供／富尔特科技股份有限公司

真快乐。可见环保站不只是资源回收分类的场所,也不只是教育环保课程的教室,还是身心疗治与复健的地方。

　　做环保有许多好处,不但能启发惜福、爱物之心,在回收时,会想到为什么垃圾这么多？是因为人家不惜福。我曾在环保站看到很多东西,甚至还有古董,不由自己走近摸一摸说:"这张桌子、椅子怎么这么美？都是古董。"

　　志工告诉我:"师父,这是环保回收的。"

　　原来有人觉得这些旧式桌椅太老旧,就汰旧换新丢

摄影 / Moon

弃;其实旧的也有旧的价值,旧式家具多选用上等木材,

手工细致,经过志工巧手维修,仔细擦拭整理,又是一套

很美的家具。

　　当然还有床铺、衣柜,林林总总很多;所以我们在使

用物品时不要浪费, 一个人浪费就多一份垃圾, 只要用

心,动动脑筋废物利用,不仅好用也是实用的艺术品。

　　这群志工很惜福,旧物回收,不但减少垃圾,还能延续物命。物品也有寿命,能用的东西就有寿命,不能利用的东西,就失去它的生命价值。我们可以运用方法让物品延长使用,物命就延寿了;物命延续,让生活不虞匮乏,也不会增加垃圾。

你还可以这样做

　　和亲朋好友交换家里不需要的余物,珍惜每样物资。

|省水、省纸 |

　　如何引导众生走入正道,要从净化人心开始,教人如何克己复礼,缩小自己欲念;人心若没有约束,放纵欲念,使用物资就会很浪费。

　　垃圾愈多,表示人没有惜福心;不懂惜福的人,表示缺乏爱心。懂得疼惜东西,才懂得疼惜人;这份疼惜,就是

要培养那份爱与感恩。

自四五十年前我出家开始,用水、用纸都很节省。使用的纸是回收慈济基金会开立善款收据后剩余的纸头纸尾,裁一裁集成整本,也能当作小手册。在使用上我会先用铅笔写一次,写完之后,再用一次原子笔,重复写在铅笔痕上,这样一本小册子至少可使用二次。以前比较有时间,还再拿来写毛笔,如此一本原要丢弃的纸头纸尾,拿来用三次,等于让它再生三次;有发挥功能,也是延续物命。

每张纸的生命在我手中复生三次,一个人就减少三分之二的消耗。还有信封的使用,若是知己朋友通信,将对方寄来的信封拆开反折,再写上对方的地址姓名,便可重复使用。

目前社会知识水平提升,信息丰富,需用很多图书,办公时动辄传真、影印,都需要用纸;纸张必须砍树制造,过度使用,相对的就需砍伐更多树木。因此我们应该珍惜每一张纸的功能,而且要运用于文化宣扬,这不但是惜福也是修慧。

在用水方面,一大早起来,洗脸的一盆水,就是我这一天要用的水。一天内省省地用,都不需要再用到清水。洗手用肥皂,要用的水舀到另一个桶子里,原来剩下的水仍是干净的,一次一次再利用,最后就是冲马桶。

曾看过一则故事——古时候有位小沙弥,一日师父告诉他:"沐浴水太热了,你提一点冷水来。"

小沙弥赶紧提一桶水倒入浴盆,倒了一半,师父说:"够了。"

小沙弥随手将剩下的水倒掉,师父见状便训斥他:"你怎么可以如此浪费?即使是一滴水,都对生命大有用处。"

小沙弥年纪虽轻,在老和尚的鞭策之下,却若有所悟:水与人的生命确实息息相关,无论食衣住行无不需要水。他从一滴水深入思考,逐渐悟出世间许多事物的道理;后来即以"滴水"作为法名,就是日后受人尊敬的滴水和尚。

古贤大德能从一滴水悟出道理,我们在日常生活中

也应多用心,用水要珍惜。以前的修行者过着丛林生活,要用水必须到山谷水涧挑水;轮到挑水的人,真的很辛苦。有一次轮到一位老和尚挑水,从山下辛苦地挑回山上,看到大家洗衣服时,很浪费水,于是他将水放下来,喘口气,对大家说:"同修啊,《水忏》很难诵。"

法譬如水,《水忏》一再教育我们,生活要很谨慎,不要一念无明起,让贪、瞋、痴招致成行为的错误。我们要自我反思:即使只是在用水的当下,是否做到珍惜水资源?

我们精舍的建筑都有回收雨水的设计,也就是将雨水收集到地下,要用水时尽量不用电抽水,而是用帮浦①,恢复早年用帮浦汲取井水的情景。有次我见帮浦已经做好一段时间,雨水也在地下囤积,就问:"这个有没有在使用?"

我压压看,感到很有趣,不需耗很大的力气,只要压一下,水就流出来;旁边同时做一个水井,这都是节省资源。我们清洗用具、冲洗马桶都可以使用,虽然比较辛苦

---

① 帮浦:即泵。——编者注

麻烦，不过回归古早生
活，既简单自然又令人
怀念。

　　我们常在不知觉
中浪费，感受气温逐年
攀升，实应好好地省
思：到底与我们有没有
关系？倘若大家都能及
时回归朴素、勤俭的生
活，一个动作也是环
保，应该能慢慢地缓和
温室效应。

　　一个人做，力量很
小，所以要将惜福的观
念推广，大家一起节省
水，节省纸张，疼惜物

摄影／Kristy Tillotson｜Dreamstime.com

品。不要轻忽这些是小事，古云"莫轻善小而不为，莫轻恶小而为之"，须知"水滴虽微，渐盈大器"，一滴滴的水累积起来也很可观，该做的事我们应积极力行；不该做的事，就必须谨慎防范。

你还可以这样做

1. 拒绝接收广告信函；信封及牛皮纸袋可再利用。
2. 更换灯泡时选用省电灯泡。
3. 水龙头加上省水塞头。

｜随身三宝，购物袋｜

做环保就如转心轮，所以心轮一转，环保轮就转，目前全台约有四千五百个慈济环保站，慈济人落实社区做环保，这群环保志工以行动呵护大地、保护大地。

高雄有位丁师姊，她沿街到每家商店一一地劝说，向大家宣导少用塑料、回收塑料袋。她很殷勤又热心,已获得六十多家商店响应,同时帮忙回收塑料袋;她还教他们分类,因为回收商不收肮脏或颜色未分类的塑料袋,所以大家不怕脏、不怕辛苦、不怕烦;把脏的洗过,并依颜色分类。

丁师姊表示,他们并非为了卖钱,而是希望回收商能响应回收再制,为的是要保护大地。

尽管做到手关节痛,她仍然坚持一定要做,也带动了许多人投入。尤其塑料袋不好处理,随手一丢,一下雨就很容易阻塞水沟,造成淹水问题。其实只要每个人在观念上稍作改变,宣导人人带环保购物袋,买东西不用塑料袋,只要举手之劳既减少浪费也少了垃圾,这需要全民运动。

许多人买菜、买东西回来的塑料袋,回收整理干净,一个个折得很整齐,收集起来,还可以交还商店再用;店家欢喜之余,也会想到应该要惜福,这也是行动教育。

　　对于物资好好地珍惜利用，物品的生命就可以一次再一次不断地延续；能如此爱惜物命，就会减少资源的消耗，也是用智慧造福。

　　因此观念正确很重要。曾看到新闻报导，民众抢购名牌环保袋，一个五百元，限量七百多个，却有三千多人争相购买，造成人与人之间互相推挤、争吵。

　　什么叫做"贵重"？可利用的就是贵重的物资，不可用的，再贵也没有什么价值，反而舍不得用。像捆货的打包带，很多人剪开就丢弃，这些塑料垃圾很难处理；有的慈济志工前往回收，无论长短，甚至有的捆鱼箱很腥臭，回收后仔细清洗干净再利用。他们将长的编成提菜篮，既坚固又实用；较短或窄的，就编成笔筒、玩具等等，送给学童使用。

　　只要爱惜物命，没有无用的东西，垃圾也能变成艺术品。

　　慈济人不断地宣导随身三宝——环保杯、碗、筷。现在的人都是上馆子或是路边摊，若是一个人一天丢三双筷子，多少人口，一天仅筷子就丢掉多少？遑论免洗碗、便当盒、塑料杯等等。

　　未来人口会愈来愈多，长此以往地球不都是垃圾吗？所以我们应赶快把心收敛，克服自己的欲望，爱心必须从自己做起。我们一天至少喝四五次茶水，若能自己随身带环保杯，一个人一天就减少使用四五个纸杯。

摄影／**Moon**

记得很久以前，买菜都是拿菜篮，现在提倡复古，带着购物袋采买东西，大家若能一起推动，就能减少很多垃圾。

力行环保，重要的是耐力，能持之以恒，则可聚沙成塔；一点点的善累积起来，力量就会很大；就如对每个人说一句好话，人人听来的一句好话，聚集起来就能发挥善的力量。

如同《法华经》所云："一雨所润"，只要有一分水落下，无论大树小草，都能平均得到利益，不必分别是大的雨水或是小的雨滴，即使滴滴露水，也能滋润大地。"粒米成箩，滴水成河"，重要的是，做对的事，持续力行就能见到成效。

第四章　简单为上

　　人生数十载，是否都在烦恼食衣住行或追求物质的满足？其实只要事事知足、人人善解，生活简单就好。

　　在丰衣足食中，对于一粥一饭、一丝一缕，当思来处不易，一件衣服，可知需要多少条纱线纺织？一条纱线，要经过多少农、工才能成就？还要纺织成布再加工制成衣服，每件衣服都得来不易。一滴水、一粒米或一棵菜都是一样；每天的生活所需，都是经过许多人辛苦地付出，才能让我们衣食无缺。

　　我们要对生活感到知足，一切但求简单。有人会觉得如此的生活很单调，何不追求多彩多姿；若是每天心思跑得很远，所收回来的是无限烦恼，这样的人生反而只是在烦恼中度过，而且充满人我是非的复杂，也让心

胸变得很狭窄。

有时平凡的人生，反而最美，有位家住台南的中年人，在十余年前到离家六十多公里的洗车厂工作；老板娘初见这位说话简单，反应也不快的人，还怀疑他能否胜任洗车工作，任用他之后，发现很勤快。

十余年来，他真的很勤奋，令人感动的是，他每天认真工作，每星期二必定购买妈妈最喜欢吃的面包，骑脚踏车回家，来回一百二十多公里，风雨无阻。

这份孝心真难得，老板娘很感动，教他坐火车还替他付车费，他却舍不得花车钱，还是骑车回家，并表示这是他最快乐的事。为什么他那么快乐？只是一分单纯的孝心，单纯的生活，他认为这就是他的本分事。

人能简单，才是真正有福；单纯，才会真正快乐。复杂的人生，应该要向如此简单的人看齐，环境能美化人生，这不是物资能美化的，真正的美化，要从心地、行为做起，不去污染或伤害别人，而能守护良善在自己的生活里。

　　所以我们要消除复杂的烦恼，打开心胸，将眼界放宽，思想精纯，过着那份精致而简单的生活；也许有人认为不容易，只要把握简单的一句话："心开阔，无烦恼。"就是有福的人生。

你可以这样做

勤快工作，少酒食应酬；
简化复杂的生活需求；
减去烦恼是非，少忧郁；
少点花用，助人乐无穷。

|勤快工作，少酒食应酬|

　　许多人认为，做生意就必须交际应酬，为了赚钱不得不去。曾经听过一则真实的分享——有位父亲每天忙碌应酬，儿子很少和父亲相处，有天儿子问："爸爸，您怎么都不回家吃晚餐？我很少看到您。"

摄影 / Chazot Franck | Dreamstime.com

父亲叹了一口气说:"我也很无奈,每天都要应酬。"

儿子就问:"什么是应酬?"

父亲回说:"应酬就是我不愿意做,又不得不做的事。"

儿子点点头,也没说什么。隔天早上,他背起书包要上学时,对父亲说:"爸爸再见,我要去'应酬'了。"

其实做生意未必要应酬,在慈济里也有许多大老板、企业家,他们不去应酬,生意同样做得很好;难能可贵的是,他们还亲身参与济贫、发放的工作,乐此不疲。其中有位陈董事长在未做慈济前, 是每日应酬缠身的人。他表示,过去一年要喝掉一货柜的洋酒,参加慈济之后,不但戒烟、酒又素食，生活品质并未因而降低。

早期他还曾参与柬埔寨的勘灾发放工作，到了柬埔寨东奔西跑，气候又炎热，当时柬埔寨的生活环境很差，别人告诉他忍一忍不要洗澡，但是他习惯每天沐浴冲凉，实在难以忍受，执意要洗澡。

不料脚上有小伤口，加上居住环境与水源不干净，可能在沐浴时受到感染；他带着脚伤，和别人一起勘察路线，安排发放事宜，非常辛苦，他却意志坚定。

自从他在事业之余投入慈善工作后，营业额非但没有减少，反而提高；员工们感受到董事长对外那么有爱心，对内也一定会照顾员工，所以都很甘愿地投入工作。

还有位林居士曾经风光一时，过去当老板，原本以为要应酬才有生意可做，所以他为了招揽生意，整天喝酒应酬。

他喝醉了回家，脾气很暴躁，酒喝多了对身体也不好，身心失调，家人也受害。后来有阵子社会不景气，生意失利，

静思语书签：一句一深思，人生之道不偏离
提供／马来西亚慈济分会

为了还债，不但将父亲遗留给他的财产用尽，还负了债，兄弟姊妹们对他有误会，都不愿意谅解他。

林居士曾经想要轻生，只是想到妻儿，自己还有一点责任感，才放弃念头。幸好十年前他太太有因缘投入慈济，经过太太的智慧辅导，他放下大老板的身段，找到一份在荣民之家服务的工作。

他在荣家，看到生老病死，还有太太常告诉他一些好话或"静思语"，慢慢地他体会到为人要孝顺，还有人生无常观;后来也投入环保志工的行列。

人生要懂得精神向上比,物质往下比,有健康的身体不只是赚钱就好,其实可以勤做好事,多为人群付出,收获一定比金钱还丰富。

我们常说"开心",意思就是把心放开阔,开阔就快乐。人为什么会不开心? 因为心被束缚住,那就是烦恼。

简单最美,想要表达吉祥与美,只要简单一笔画圆就好,圆就是圆满,"人圆,事圆,理就圆",若能用简单疼爱的心面对万事万物,人与人之间互相关心、爱护,人格圆满,做事能做得圆满,事情就成功,合于道理就能圆满而不致偏差。

| 简化复杂的生活需求 |

生活到底有多少需求? 一味地享受,追逐名牌、时髦的生活用品,都是永无止境。有位退休的老先生,年逾七

十仍然身体健康,而且很健谈,有自己的生活哲学。

他住在一间小小的旧屋里,问他:"为何不租好一点的屋子住?"

他说:"不需要,能住就很好了。"

屋里有张睡了十五年的床,白天可当椅子坐,晚上在尾端放块板子加长,就可以躺下睡觉;屋里的用具也很简单,电风扇虽然还能转动,但是没有外壳;电视机很老旧,他也舍不得换新;穿的鞋子已经磨损很多,他却说可以穿就好;帽子是捡来的,帽檐破了,就把它剪掉,再补上一个帽檐,他说戴起来很舒服。

尽管退休俸已足够他一个人生活,但是他却选择刻苦耐劳,非常惜福。有的人舍不得他那么勤俭,会劝他:"伯伯,您怎么这么节省,都舍不得自己用?"

他说:"我自己花钱,花得一点意思都没有,可是放着不用就是死钱,再多也没用;捐给慈济就是活的钱,用途更广大。"

他还常说："吃得饱、穿得暖、不生病,快快乐乐过日子,神气得不得了。"听起来多么豁达,的确是很懂得生活哲学的老人家。

他签下大体捐赠同意卡,认为人死了身体

摄影／Moon

也是一种垃圾,捐出去给需要的人,或是供医学用,算是身后还能利用。

老人家勤俭生活、爱物惜福、无私奉献的观念,确实很令人感动;慈济人也常前往陪伴聊天,他很满足,甚至觉得自己是全世界最富有的人。

反观时下许多人生活浪费,听说有很多人还因为觉得钱不够用而患忧郁症。其实多少钱才够用?人生的价值观不同,就会有不同的生活,何不转个念头,简化需求,也

减少烦恼。

人生没有什么好计较，重要的是如何能心无杂念，不受污染，生活过得轻安自在。我们曾经帮助过一家人，他们住在山上，一家有八口，夫妻俩带着两个女儿、三个儿子，加上太太的弟弟，都有程度不同的智能障碍，唯有最小的儿子正常，他很聪明。

这个小儿子没有上过幼儿园、托儿所等学前教育，所以一二年级时学业比较跟不上别人，到了三年级，就冲到第一名；从三年级到六年级，成绩始终名列前茅，而且他很乐意帮助别人，有同学功课赶不上，他会当小老师帮助同学，回家时也帮哥哥、姊姊补习功课，还教妈妈整理家事，自己也跟着一起做。

这个孩子很有出息，难得的是他没有自卑感；他认为：我生在这个家庭，即使父母智识没有那么高，毕竟我还是他们的儿子。心念如此简单、善良，人性的美德就在单纯中呈现出来。

　　他很容易满足,不会羡慕别人,生活上没有多余的欲念,安于自己的本分,而且乐于助人又勤快,做什么事都是跑在前头。所以当我们去探访他的时候,无论是老师、同学都争相夸赞:这个孩子、同学多么好。他自爱爱人,得到大家的疼爱,可说是比富裕人家的孩子更有福。

　　大家都知道知足常乐,但是有多少人懂得知足?人常常是"有一缺九"——有了一百元,就想着还缺九百元,不断地求到了一千元,又想着还缺九千元凑成一万元;即使有了一亿元,还是觉得缺少九亿元,想尽办法要变成十亿元,那么十亿元够不够?不够,甚至一百亿也还是不满足。这就是有了小一缺小九,有了大一缺大九。

　　"有一缺九"的人生多苦,永远不足反而贫穷;若能转换心境,满足于拥有,进而能"有十舍一",有一千元就舍一百元帮助别人,自己感恩知足,又得到付出无所求的那份轻安自在,这样的人生最快乐。

　　人应该过得简单一点,不要复杂化,简单的人生最

美;精于计较的很复杂,也会丑化人生。

生活的智慧

对物品的简单原则

1. 不拿——不需要的物品,即使免费也不拿。
2. 不买——谨慎购物,不浪费物资。
3. 不过量——不要过量购买,储藏过久,容易忘记使用或过期。
4. 共用——不常用的物品,大家互通共享。
5. 没有也行——不要有非要不可的念头。

|减去烦恼是非,少忧郁|

人人都喜欢乐观,所谓"乐观",就是去除心中贪、瞋、痴的烦恼,凡事看开、想开、放得下,才是真正的乐观。

现代社会有许多心理疾病,大都是人心欲念所致,譬如有阵子社会新闻频传许多人毫无节制地刷卡消费,最后无法偿还巨额卡债,而走上绝路;为了刺激消费,人手一卡很方便,倘若自己不能克制物欲,当然就有不好的后果。

大家若到环保场看一看,单就玻璃瓶回收为例,细心地捆绑成一打,一支可以有两元,十二支才二十四元,前后需要耗用多少时间,辛苦地回收、整理,看到分毫都得来不易,就会心生警惕:怎么能再随意花钱。

有位母亲的女儿从小多病,而后才知道是弱智,仍不弃不舍地百般疼爱。如今女儿已十八岁,要叫出"爸、妈",还是很费力;她的生活起居,都依赖母亲的照顾与陪伴。虽然母亲无怨无悔,但是有时看到别人的孩子身心健康、活泼可爱,难免也会哀叹。

无意间她收看大爱电视,一位环保志工的分享,让她非常感动——有人因投入环保工作,原本病痛缠身而能恢复健康,也有患忧郁症因而打开心胸。于是她和先生商量之后,一边照顾女儿,一边投入社区环保志工的行列。一开始她就做得很快乐,因为平常为了照顾孩子,每天精神紧绷、体力透支,而今借着做环保,打开心门、欢喜自在。

她的家中挂着一幅"静思语",上面写着：爱是无尽的财富。先生不但很支持也一起投入,夫妻俩都是认真又快乐的志工,并且用"菩萨心、父母心"面对每一天。

身体疾病固然苦,现代人却有更多心灵之苦；倘若不打开心门、不放下烦恼,如何度日？有些人其实并未遭遇挫折,只是患得患失而感到忧郁。曾经有位妇人年轻时虽然家境不好,但在她勤俭持家下一家仍和谐、美满,她却无端地自我封闭心灵、患得患失,让家人担心不已。

她也是看到大爱台的节目,而想当环保志工,于是跟随慈济人出门做环保,第一天到处回收资源,第二天就累得不想出门；然而不敌大家热忱地邀约,渐渐地变成习惯,每日天未亮出门,直到天黑才回家,忙得没有时间忧郁,忘了什么得失,人也变得很开朗,困扰十余年的失眠竟不药而愈,现在能安心睡、快乐吃、欢喜做,真的很开心。

所以生活浪费,或是烦恼满心的人,应该去环保站看一看,有的环保志工,从身病做到身体健康,有心病做到心宽念纯,还能辅导他人;大家用两只手勤做环保,一念简单的心,很满足、平安,自然就不会忧郁。

人生会得遇何事,是过去生中就有因缘的种子,如同现代医学所说的基因,是天生所带来,我们

摄影／Elga Yulwardian｜Dreamstime.com

在过去生中也种下业识种子带到此生。

"业"就是造作、有习惯性;有句话说"人心不同,各如其面",应该是"习气不同,各如其面",一般人认为人心不同,就如每个人长相不同,同样一张脸、七个孔,为什么能分别出张三、李四的不同?

其实不是人心不同,而是习气不同。就如有人说话很

好听,有的人口头禅很难听,实际上内心并没有恶意,说出的话却教人听不下去;什么人有修养,什么人没有修养,修养到让人看得出来,让人心感觉得出来,没有修养的也是一样,这都是累积的习气所致。

常有人说:"我心好就好。"只是如何厘定好心的标准?例如见到路旁有人受伤,心想:虽然想上前帮忙,但恐怕会被诬赖是自己撞倒的,万一好心没好报,岂不自找麻烦?

诸如此类的心念,究竟是好是坏?真正的心好,应该是经得起洗练,面对任何需要帮助者都能非常自动,没有一丝一毫的考虑,马上伸出援手扶助对方。

善必须从内心发出,并真正落实在具体的行动上;有位慈诚队员告诉我,他知道太太很辛苦,将家务料理得很好,也把孩子照顾得很好,每当看到其他师兄姊对家人说感恩,心里很羡慕,自己却说不出口。直到有一回,他来医院当志工,有事要打电话回家,一位师兄要他借机向太太说感恩,他踌躇了很久,还是说不出口。

这位师兄一直在旁边鼓励, 最后他终于向电话那端说:"师姊,我要向你说感恩。"

他太太一听马上问:"我有没有听错?"

他回答:"没错,我是在向你感恩。"

他太太欣慰地说:"我知道了,你专心做志工就好。"

看, 这句话说出来让家人多么高兴!习气封闭了心门,明明存在心中要说的话却说不出口,其实习气是可以改的,只要勇敢跨出第一步,能突破难关,第一关过了,其余的关卡都会顺利打开。

修行是要将不好的习气去除,这叫做法;若是用在生活中,叫做德。佛陀教导我们修行不是一生一世,是累生累世,看到人、事、物,常常心存感恩、口说好话、心想好意,自然就会手做好事,养成良好的习惯。如此,愿的种子就能深深播种在心田中。

每个人的心都相同,古云:"人之初,性本善",这

个"性"就是本性；佛陀说："心、佛、众生，三无差别"，人人本性就如佛心一样，都是清净无染，只是受到后天习气熏染覆蔽，若能擦拭干净，就能回归清净智慧的本性。

我们要共同培养"回归本性"，大家彼此勉励照顾，说好话、存好意、行好事，日日为利益他人而付出，找回自然的天真本性。勤耕内心这块心田，除掉坏的杂草，捡走坏的种子，去除世间的污染，人人都能做得到，这就是用心。

少点花用，助人乐无穷

我们成立慈济功德会时，台湾普遍的生活不佳，大家难有余钱，如何劝人捐钱做善事？于是我告诉大家"一日五毛钱"，一个家庭少吃一点点，就可以省五毛钱救人。现今有的人会说："做善事是有钱人的事，自己的生活都不好过了,如何救人?"当年大家生活也不好过,但是慈济人一步一步地发挥良能救人,现在的社会富裕,更可以帮助他人、利益人群。

做与不做,只在一念之间;有了正确的观念,就会有欢喜心。曾经有位留学美国的张同学和大家分享:他的家境不错,在美国时,父母给他买好车,供他钱花,他也不太想回台湾;后来有人引导他,知道慈济在做什么,很欢喜地捐善款并且投入。假如不知道行善的意义,强要他捐钱,心里一定不甘愿地想:有钱不会自己花,为什么要给别人用?

其实每个人都富有力量,只要有一份爱心,每天省点零用钱,譬如少喝一罐饮料,一个月少吃一顿大餐等等,可以累积力量,这就是"粒米成箩"的道理,不要看轻自己,人人都能成为助人的人。

有位十二岁的五年级学生,生在一个小康家庭,父母亲都在上班,虽然收入普通,却积极栽培孩子有更好的发

回归"竹简岁月"，日日启发爱心
摄影／马柏然

展，课余让孩子上才艺班。

这位小朋友很自爱，喜爱弹钢琴，也能兼顾好学业，他的梦想就是要拥有一架钢琴，只是父母亲实在难以负担，所以他就自己努力存钱；节省下父母平常给的零用钱，再加上过年时的压岁钱，好不容易存下两万元，距离一架钢琴的价格还差很远，他仍然很节省想要达成自己的梦想。

后来他得知阿里山有群喜爱音乐的原住民孩子想要成立乐队，却无力购置乐器，正在向外募集。他心想，离自己的心愿还那么遥远,为什么不让更多人达成心愿?于是他将两万元存款悉数捐给民间一个基金会,经由基金会找到乐器厂商的赞助,让这位小朋友的善举成行,阿里山的原住民孩子也能梦想成真,皆大欢喜。

　　在九二一大地震之后,许多小朋友由父母陪着拿扑满来捐款,表示要帮忙盖学校,让小朋友上学。印象深刻的是,一位小朋友和父母各拿了一个瓷造大扑满——肥肥的猪公好重。我问那位小朋友:"你怎么有这么多钱?"

纯真童心能助人,善的幼苗从小培养
摄影／谢自富

他告诉我："这是爸爸、妈妈给我的,妈妈说要建设希望工程,有硬币就要投进扑满里,要省钱一起盖学校。"

真是一位乖巧的孩子。听他母亲分享:有一天放学回家时,他在路上口很渴,忍不住要买饮料喝,一拿出硬币就想起应该要存扑满,因此不敢花,赶紧跑回家。一回到家,就喊:"妈妈,我好渴、好渴,要喝水。"

看见他汗流浃背,妈妈问:"那么渴,为什么不在路上先买饮料解渴?"

他喝了水之后说:"回到家喝水也一样解渴,要把硬币省下来存扑满。"

小朋友有纯真的心念,大人导以正确的方向,就会呈现出有价值的人生;大人也可以改变心态,开创另类财富——亲自去做环保,弯下腰捡起一些纸张,整理整齐,会感到很有成就感;这份最大的成就感,就是破我执,我执破除了之后,那种海阔天空的心境,就是真正的富有人生。

摄影／Moon

　　钱财再多，也不会有人说："我太多钱了"。再多也不够，因为"有一缺九"。我提倡"有十舍一"，假如有一千元，就捐出一百元，自己还剩下九百元；假如有一万元捐出一千元，这都很好。有些企业家会将一年所得捐出十分之一，甚至到四分之一，作为慈善用途。这都是会运用钱财的人生，将钱用在帮助众人；不会用钱的，反而被钱利用。

　　譬如有些人花天酒地，一喝醉就忘了家人、正事；还有

赌博,真的害人不浅,不但赌输了财产,连一切的信用都没有了,品格、人格也堕落。这就是被钱利用,磨损人生。

行善助人并非有钱人的权利,慈济就有许多感恩户【注】,也经常有助人的例子。有位"阿坤伯",人很善良,又是一个孝子。阿坤伯年轻时,家境贫穷,两个哥哥先后过世,父母亲也逐渐老迈;先是父亲生病,他要照顾父亲,后来父亲往生,就照顾有心脏病的母亲。

多年前,慈济曾经帮助过生病的母亲,后来母亲过世后,他就停止接受帮助,完全靠自己收破烂、资源回收维生;慢慢地他也老了、病了,透过邻居通报,慈济有缘再来帮助这位阿坤伯。

志工带他去看病、照顾他;等他病好了回家休养,志工仍是每天送便当,希望他能赶紧恢复。经过志工长期陪伴,细心照料,高龄七十多岁的阿坤伯恢复得很好。

【注】指在生活中遭遇变故,而需接受慈济帮助的人;由于他们有难,我们才有机会伸出援手,见苦知福再造福,故应感恩他们,称之为"感恩户"。

阿坤伯恢复健康后，表示要每个月捐一千元帮助有急难的人。志工担心他的家庭状况，就对他说："捐一百元就好了。"

他却说："虽然母亲往生时，欠了人一些丧葬费，我一定会想办法慢慢还，但是我生活还过得去，比起那些受灾难的人好多了。有当局发给我的津贴，还有功德会的帮助，我可以节省一点来帮助别人。"

他的善行也影响了许多感恩户，同来领取救济金时，一听说慈济要救灾，就从救济金中拿出一百元、五十元不等，捐作救灾之用，甚至有人捐到五百元、一千元。我非常感动，也告诉他们："不用捐一千元、五百元，太多了，要量力而为。"

他们都说："我们长期受功德会照顾，有米吃，还可以种些蕃薯、青菜，又有救济金买油，生活很好。受灾难的人，连种蕃薯的机会都没有，我们可以帮助他们。"

阿坤伯这么善良的人，为了孝养父母，一辈子没有成

家,到了老病时,家无恒财仍坚持行善。谁说行善是富人的权利,无论经济条件的贫富,只要心中有善念,人人都有这份爱的力量。

你还可以这样做

善用图书资源——钱财可以省,知识不能省,可多利用公共图书馆。

第五章　克己复礼

早年台湾社会，虽然普遍不富有，但是人人都很朴实，不仅生活单纯，也很有伦理道德的观念，对家庭负责，待人处事守信用，这都是过去的社会风气。

　　过去的社会形态，士农工商各守岗位，发展均衡。"士"就是读书人，过去要受教育不容易，所以人人都很珍惜上学的机会，而且读书人懂得自爱，能将知识发挥很大的良能。农夫也有他们的智慧，一年中配合季节种植，需懂得如何种植适合的作物等等，蕴含许多学问。

　　除此之外，还要穿衣，所以需要工业。以前一件衣服的生产过程，需要先有农夫种琼麻、棉花等，经过工人加工制成棉纱，再织成布做衣；有布、有了衣服之后，还需商人透过市场的交易，有需要的人才能得到。

　　明白士农工商的功能，就会了解生活中的食、衣、住、行，都需要各行各业的人付出，才能让我们生活无虞；而且一粥一饭、一丝一缕，都得来不易，我们应心怀感恩，并且珍惜物命，让大家都明白这道理，就能启发人人爱心，付出大爱。

　　知恩、感恩、能报恩；自爱、爱人、传大爱，期待人人回归过去年代的朴实，以"克己复礼"作为生活的目标。

|克己——克勤、克俭、克难|

什么叫做"克己"?就是要"克勤、克俭、克难",身勤节俭,不要浪费,且能爱物、惜福。

"克己"二字,值得大家反省:不论是贫富,都与大地共生息,所以人人都有责任,多用一点心,克制自己享受的欲念;生活中的待人接物、身心调整、礼仪形象等,都必须从克己做起。

"克勤",生活中要勤于打拼事业、照顾家庭,善用时间付出大爱帮助别人,提高我们的生命价值。"克俭",在食衣住行中有很多节省的方式,首先必须克服自己的欲望,才能凡事俭省。"克难",时时坚持住正确的心念,无论面对何人、何事,即使很艰辛、不喜欢,也要勇于面对,并且加以克服。

台东有一对夫妻,真正见证了克勤、克俭、克难的生

活,他们平日以卖早点维生,不论春、夏、秋、冬,三百六十五天长期都是清晨两点钟起床,准备开店,他们起炉灶生火煮早点,而不使用电或瓦斯,因此还要到海边捡拾漂流木、废木料作柴薪,这就是克勤。

夫妻俩早年推着摊车沿街叫卖,如今有了店面,还不舍小摊车,仍然留着做生意;他们并非负担不起,而是真正地勤俭持家,惜福爱物。在九二一大地震之后,他们奉献大爱,不吝惜地捐出巨额善款,都是点滴累积的积蓄。

所以人生总要有那份毅力、勇气,必须先自我克己;倘若没有克服自己,意志力很快就会堕落,而无法发挥出真善美的力量。

克己必须确实从个己做起,远离奢华,回归质朴,进而做到"心宽念纯"——"心宽"天地宽,能包容万物而无怨尤;"念纯"则不受污染,以真善美的心,关怀一切万物。人人都有力量与责任,只要大家珍惜资源、知足寡欲、勤于付出,恢复人道精神及伦理道德,如此天地的运作就能顺畅,大自然风调雨顺,世间才能无灾难。

|复礼——守戒律、守规则、守礼节|

现代人对于"礼"及"理"——礼貌与道理,慢慢淡薄了,令人担心。倘若人伦道德沦丧,就会造成道德败坏、社会风气奢华,衍生种种问题,我们要维持应有的道德观,所以要守戒律、守规则、守礼节,这就是"复礼"。

"礼"就是道理;道理是在礼节中显现出来,我们应该培养一份道德观念,人与人之间以礼相待,彼此之间心宽念纯,由衷表达一份和气的形象,让人看了就起欢喜心,这不是做作,而是深植于心,自然散发在外。

日本九州一所女子学校,入学考试中有一项特别的测试——要会拿筷子。听起来有些不可思议,东方人用餐都会拿筷子,为什么需要考试?其实这就是做人的基本,每天三餐都要吃饭,然而又有多少人会注意持筷是否正

摄影 / Moon

确、优美呢？若是持筷不美，用得不如法，那表示个人的性格或学习的精神不够。我们能否从小处反省？

虽然基本的生活礼仪是件小事，但是只要方向正确，不差毫厘，就是最好的教育；人生的方向若是差毫厘，会失之千里，所以起步绝对不能偏差。

此外，即使一点善念也应该重视，曾经有个七岁的小女孩，阿嬷每天骑摩托车载她上学，一日她看到十字路口的道路反视镜，蒙上灰尘变得肮脏模糊，她对阿嬷说："阿嬷，那个镜子脏兮兮，看不到了。"阿嬷一听，心中决定，每天利用回程擦拭路上的反视镜，擦干净，自己也安心。

后来孙女也要一起去做，每天为了擦镜子，早上不必人叫,自己就会起床。她人小力量小,拿着绑块布的竹竿,头抬得高高的一直擦,也能擦出一片清净的镜子。小小的行动不知能救多少人,这是善;有人会说,那算什么。莫轻小善而不为,也许会有粗心大意的人,看不清楚镜子反照的左右前后,刹那间都可能酿成车祸。

所以大家只要一念善心起,日常生活之中,善的事、对的事,做就对了;尽一份善的行为,无论是说一句好话,或者是一个微笑,都是功德无量。只要好的种子凝聚在一起,不论是大树、小花、小草,能茁壮成长,也会成为世界的美景,编织一个美好的人

摄影／Moon

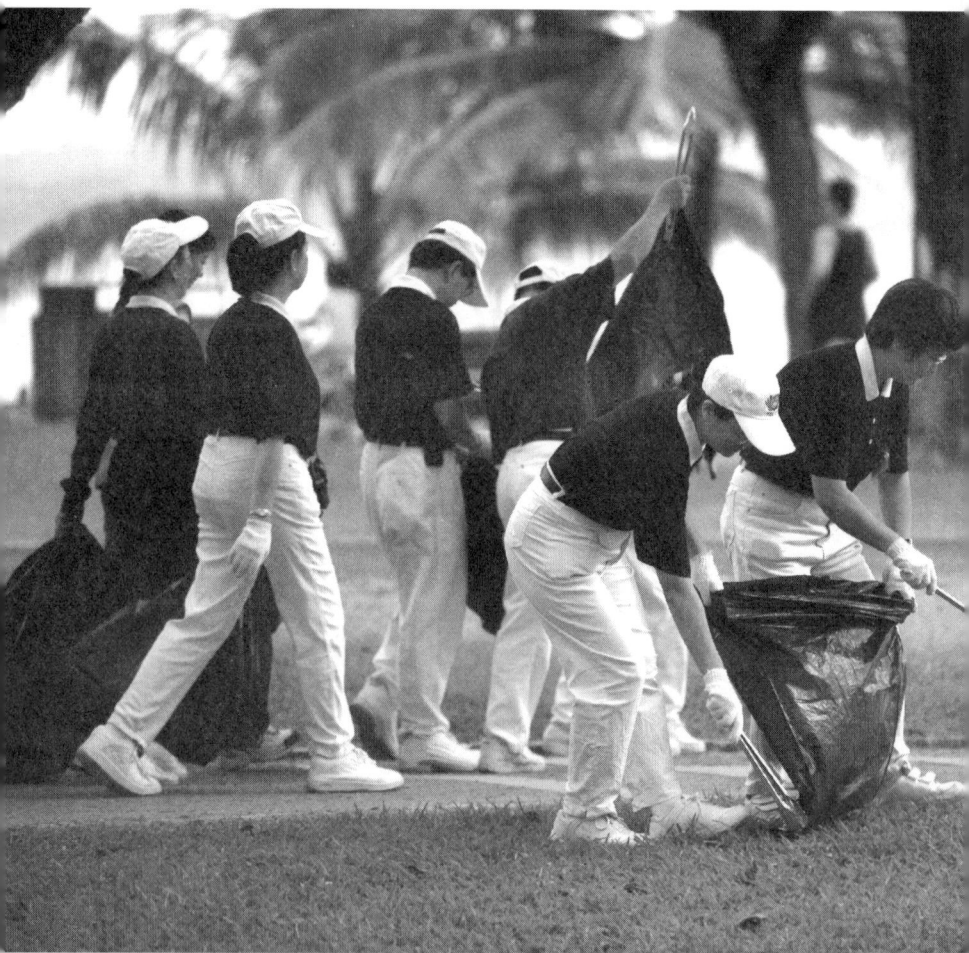

慈济人于公园净地,净化大地也净心地
摄影／蔡荣富

生景观。我们应该时时培植这一念善
心、一粒好的种子,只要时时累积善因,
都能产生善的效应。

　　日常生活要戒慎虔诚——守好做
人的规矩,真诚地面对人事物。佛教徒
要守戒律、慈济人要守十戒[注],其实戒
律就是规矩,谨慎地走在做人的轨道
上,不能踰矩;诸如夫妻要好好地共同
经营家庭,彼此守规戒,对上要孝顺,对
下要有责任, 这是维系家庭幸福的基
础。完善的社会,就是由无数健全的家
庭组成,父母以身作则为典范,孩子才
有榜样可学习。

　　守规则要从自我做起,我常提一段

【注】慈济十戒:一、不杀生;二、不偷盗;三、不邪淫;四、不妄语;五、不饮酒;六、
不抽烟、不吸毒、不嚼槟榔;七、不赌博、不投机取巧;八、孝顺父母,调和声色;
九、遵守交通规则;十、不参与政治活动、示威游行。

往事：我刚出家时，挂单在花莲的"慈善寺"，寺后有条铁路。一天早晨我在后院洗衣服，有位小女孩正准备上学，当她走出寺门时，突然大声喊："你们看，老师告诉我们不要走铁轨，可是他自己正走在铁轨上！"

所谓"十目所视，十指所指"，做人能不自我谨守规矩吗？戒，是保护身心最好的方法。若是能守好戒律，就如在暗室得到灯光；像贫人得到宝物一样值得珍惜守护。所以在平常的生活中，必须时时刻刻守规矩，如此才能迈向光明的人生正道。

除了小爱之外，还要扩为大爱投入社会关怀，倘若只是"自扫门前雪，不顾他人瓦上霜"，仅照顾好自己的家庭，是不够的；因为整个社会的平安，才是家庭的平安。推动回归纯朴的生活，落实社区关怀，把握机会走入社区，主动地为人群服务，视人人如己亲，能敦亲睦邻，让人人懂得惜福，才是社会之福。

倘若人人能守戒律，守规则，守礼节，虔诚的心念，就能上达诸佛菩萨听，俗云："善恶到头终有报"，"人在做，天在看,举头三尺有神祇"，能用心惜福、再造福,才会有美善的循环。

　　"克己复礼"虽然只有简短四个字,但是道理却很深远;只要人人生活勤俭,彼此影响带动,累积到无数人,自然温室效应就会慢慢地缓和，让大地与心地都恢复清净与生机。

摄影／古亭河

　　生命虽然同等尊贵,却因各人业缘不同,难免有贫富之分;所谓的贫富,也视各人不同的心态与见解而有所不同。有的人拥有许多财富金钱,却时时感到不足;有人虽仅能勉强糊口维生, 却感到自己富足无缺, 到底何者是富? 何者是贫?

　　我认为,人生的贫富可以分成四类——富中之富、富中之贫、贫中之富、贫中之贫。

　　第一种就是"富中之富"。这是富有经济的力量,又富有智慧、爱心,懂得运用自己有形的财力与无形的爱心,能知福、惜福、再造福;用真诚的爱与真善的情帮助他人。有些人捐出巨款,甚至房子、土地,为了利益众生,而点滴无所求,此即是富中之富的人生。

　　人能知足、惜福,付出爱心,就是最大富。台北有位年逾七十的慈济志工,是一家金控集团的常务董事;尽管事业忙碌,仍参加慈诚队培训,无论上课或轮值勤务从不缺席,每月至少安排十天投入志工活动。他最喜欢做环保,认为环保教育非常重要,需让人人知道保护地球的方法,才能延长地球寿命;因此身体力行,不怕脏、不怕累,缩小自己勤付出。

我常说,内能自谦就是"功",外能礼让就是"德";他不因财富和地位而自大,不仅自己做,还带动家人、邻里、员工一起投入志工行列,富有爱心,还能做他人生命中的贵人,真正是富贵人生。

第二种是"富中之贫"。徒具富裕的生活条件,却贪求无厌,拥有物质而心灵空虚,缺乏对人生的爱;他们常说:"做好事,等我有多余的钱再说。"每次听到这些话,就会想到"有一缺九",有了"一"还要再求"九",这种人生不会有"剩余"之时,时时都"缺",人生之苦,不在贫穷,而是苦在贪欲无止境,这样的富有实则贫穷。

中国字"贫"与"贪"二字,字形极为相近,如一线之隔;贫与贪意义也类似——有着不满足的心就是贫,富有的人若贪得无厌,那份饥渴之心与贫穷何异?有的人

富有快乐、轻安自在；有的人充满贪念，不仅给自己惹烦恼，还会带给社会许多问题。所以贫不是物质的贫，而是心灵的贫。

有些人尚未飞黄腾达前，待人处世很有人情味，与亲戚朋友都有往来、彼此敬爱，一旦名利俱全时，因为怕亲戚会来借钱或开口需索，就干脆不与亲友往来。这样的人生就很孤单，也缺乏真诚的爱与亲情、友谊。

做人若生活富裕，却无法付出爱心，就得不到别人的敬爱，甚至被批评是"为富不仁"，虽然富有，却遭人背后批评、责骂，这种人生有什么价值？人生真正要追求的，并不在于地位有多高、金钱有多少；想想人生最后也只是黄土一抔，又有什么价值？若能在福中珍惜这份福，进而再造福，对社会有贡献，才是真正的人生价值。

我常比喻人心就如一口井，井水从来不会溢出井口，然而汲一桶水、十桶水，井里的水也不会干涸。布施就如汲井水，舍不得付出就是"富中之贫"，守着财富闲置不

摄影／Jaime Brum | Dreamstime.com

用,无法发挥钱财的价值,如同没有;若挥霍享乐,钱财不过是助长造作恶业的工具,不如没有。

第三种是"贫中之富"。舍得布施,利益人群,即使缺乏钱财也是富有,因为心中满足,再艰困的生活都会觉得满意;尽管家境清寒,却能坚强而安贫乐道,甚且在困顿中提升智慧,随时把握机会回馈与帮助他人,生活得幸福快乐。这类人虽然物质缺乏,却富有爱心。

有位慈济委员以前很不快乐,嫁给一位外省籍退伍

军人,她不会说国语,先生不会说闽南语,彼此沟通困难,加上生活并不宽裕,总觉得自己比不上别人,生活得很痛苦;后来接触慈济,她了解物质不是那么重要,唯有心灵的富足才是真正的福气,于是打开心门,走入人群,经常以自己的人生经验现身说法,很多人都被她感动而加入慈济。

她很惜福,有时会去菜市场捡卖剩的菜,有的菜贩知道后,会把卖不完的菜都给她;由于她和先生吃不完那么多菜,就按古法晒干保存。她每天观察天象,以了解天气状况,假如晚上有星星,就知道隔天会是好天气,赶快先将菜洗干净,然后第二天晒成菜干义卖,大家都很喜欢她。

若是下雨天无法外出,她留在家中,帮人修改衣服赚取工资;阴天就出去做资源回收的工作。如此不断地努力,终于圆满了捐百万善款的心愿。她满怀感恩、做得欢喜,因为真正充分发挥生命的良能,所以生活过得很踏实。

第四种是"贫中之贫"。贫穷并非最苦,若缺乏物质之外,内心还贪取不尽、横结恶缘,甚至因贫起盗心、泯灭良

慈济人街头募心、募款
摄影／王辉华

知,才是最苦不堪言。

贫者因物质匮乏而苦,富者则因精神空虚而苦。我常说贫者患得,富者患失:贫者千方百计地欲求所得,所以极其烦恼;富者最为担心失去所拥有的,自然无法轻安自在。

佛陀教育我们,世间财可以分四份运用,人生会过得很自在。首先是奉养父母,感念亲恩、善尽孝道,让父

母生活得宽裕一些；其次就是养妻儿，承担家庭责任，给妻儿的生活要稳定，建立好的家庭；另外一份留作经营事业的本钱；还要留一份为社会多付出，有力量的人要扶助没有力量的人，富有的人要济助穷困的人，利用拥有的财富发挥大爱，以好因复制好的种子，能救人又能影响带动人人，就是社会福祉。

　　其实贫富之别，只是人的生活形态；人生真正的幸福，在于人与人之间有爱，爱的力量能调和你我之间的不平，而这份爱出自你我的一念之间——一念向善，则与人善处；一念向恶，则无法与人和睦相融。我们若能时时照顾好自己的心念，发挥生命的价值，凝聚爱的力量，社会就能富庶平安。

第六章　从心出发

近年来"温室效应"现象未见纾解，气候不调和，来自于人心的贪念，彼此心不平衡，无论是战争或过度消费，都严重破坏自然环境，导致气候紊乱；唯有一种妙法，能帮助地球不再受毁伤，那就是爱。

地球需要我们的疼惜，倘若人人都能做环保，回收可用资源，要用的物质不会减少，也不会过度消耗自然资源，如此地球就不会不断地被破坏；唯有地球健康，我们才能平安。

疼惜地球需要人人的力量，不可轻忽心中的善念，以及任何一份付出的力量，曾听闻专家提出"蝴蝶效应"【注】

【注】洛仑兹（E. Lorenz）在一九六一年发现：长时期、大范围的天气预报，往往因微小的因素，造成难以预测的后果。于一九七九年在华盛顿的美国科学促进会上演讲："可预言性：一只蝴蝶在巴西拍动翅膀会在得克萨斯州引起龙卷风吗？"理由是，一只蝴蝶在巴西轻拍翅膀，会使更多蝴蝶跟着一起轻拍翅膀，最后将有数以千万计的蝴蝶都跟着一同振翅，其所产生的风，可以导致一个月后在美国得州发生一场龙卷风，即"蝴蝶效应"。

摄影 / Guodingping | Dreamstime.com

的理论,不要小看一只蝴蝶,挥动翅膀这么微弱的力量,所产生的效应,可能引发天下的大风大浪。

　　一只小小的昆虫都可能有如此大的影响力,何况人人的心,所谓"一切唯心造",假如我们都有虔诚无私的心、一份清净大爱,彼此产生善的效应,不也能影响全人类吗?人与人之间相处融洽,就有祥和的世界。

| 心室效应 |

现今气候不顺,天气变得很炎热,海面上的温度愈来愈高,随着洋流形成一股气,气流会合就会影响气候。诸如近几年来,无论台风或飓风都是很强烈,往往一场豪雨就造成水患,甚至是山崩、地裂;灾况严重,令人担心。现代科学家将这种现象称作"温室效应"。

犹记小时候,天气炎热、烈日高照,只要到树阴下或走入屋内就不觉得热;那时候家家户户都没有装冷气,无论砖造或泥砌的房屋,都很凉快,即使在树下乘凉,微风徐徐吹来也很轻爽。

现代的人屋内若没有装设冷气,还住得下吗?可知这已形成恶性循环,家家户户都吹冷气,冷气机的热气排出室外,导致原本就高温的天气,如火上加油般地更燠热了。以前常听人形容高温的天气,直说"天气热死人了!"

现今已经不是形容词,欧美许多地方气温屡创新高,有的竟高达摄氏四五十度,并传出热浪热死人的情况。

生活的智慧

　　种树: 树木不但能提供凉爽的树阴,放松心情,更能吸收二氧化碳,大幅减少大气中的温室气体量。科学家依光合作用反应计算,每产一吨绿色植物,大约吸收一点六吨二氧化碳,释出一点二吨的氧气。

　　为什么会如此?科学家指出地球上空的臭氧层破了洞,太阳的紫外线直接照射,所以现在的人都说不能久晒于阳光下,易罹患皮肤癌。

　　为什么臭氧层会破洞?都与空气污染息息相关。现代生活不离化学物质,工业发达产品不断地制造,加上人们动辄汰旧换新、图享受。还有为了争权夺利,只顾及自己的私利而不择手段,不怕败坏风俗、道德等,其实明争暗斗,也会对世间造成严重破坏。

摄影／Okea | Dreamstime.com

有形的物质,虽然容易遭破坏,却还能找出对治的方法,但是人的心灵灾难,才是很难对治的。大乾坤有温室效应,人人的心地有一个小乾坤,也有一个心的气流。一般人都说"命运",我则常说"运命";"运"就是一股气,看不到也摸不到,却很自然地有一股力量吸引。

人类长久以来累积心力,众人心念若是趋向恶,凝聚起来恶的力量就强盛;相对的,善的力量就会被削弱,善

恶如同在拔河,祸和福也在一线间。如何能让人类社会增加福的力量? 在于人人的一念心,这就是"心室效应"。

在生活中一份善心或善行, 都可以产生涟漪般的效应扩散出去。诸如有位七八十岁的阿嬷,有天坐公车,在车上看到一位肢障的年轻人站不稳,很多年轻人却没有让座的举动,于是她对肢障的年轻人说:"来,你来这里坐。"

那位年轻的肢障人士就说:"不用了,阿嬷您坐。"

她说:"傻孩子,我要下车了,你来坐。"就把他牵过来,让他坐好。

她下车后又看公车站牌,还问旁边一位中年人,某路公车还要多久才会来。

那位中年人说:"欧巴桑, 您刚才就是从这路公车下车,为什么还要坐同一路车?"她就向他说明车上的情况。

中年人被她的智慧与爱心感动,说:"阿嬷,您真的很有智慧!"这位中年人和阿嬷结下好缘,彼此互动良好,还经常和阿嬷一起去当志工, 后来成为慈诚队员加入慈济志工的行列。

　　我们要发心，有心愿一定要立志，立志必须力行，方能达到目标。以前有位慈济老委员很有爱心，一天在路上看到一位女人，大热天还将整个头、脸都包住，她知道这个女人的脸部一定有伤，也知道以现代医术可以植皮整容，面貌可以恢复得很好，所以老志工主动和她互动。

　　这位包着脸的女子有点怯懦地说："我是

摄影 / Jennifer Stone | Dreamstime.com

被泼硫酸的,已经开过好几次刀,补过好几次皮。"

老委员就说:"现在科技更发达了,你再去看医师。是不是没有皮可补?如果医师说你还可以整容,我的皮肤给你,虽然我年纪大了,但是皮肤还很健康。"

老委员对人很真诚,面对完全不相识的人,只因不舍年纪轻轻又被毁容,就愿意从身上割皮割肉给一个毫无关系的人,表达出真诚的爱与关怀,并且不断地陪伴,让她能健康地面对人群。这位被毁容的女子也逐渐打开心门,从戴帽子遮着脸出门,到很自在地摆路边摊卖衣服,面对人来人往的人潮自食其力。

老委员在临终前,还勉励女子走入慈济多付出,这位女子也深受老志工的影响,而投入关怀人群的志工行列,真是"落地皆兄弟,何必骨肉亲";老委员的爱,不亚于母爱的光辉,这是善的循环与爱的效应。

台湾无以为宝,以爱、以善为宝;人人都有爱心,人愈多,人气就愈旺,点滴福气累积,福气旺就会拨开灾祸。

救世必须先救心,转变应从心开始,大家若能懂得知足、善解、包容、感恩,这股大爱的清流可以洗涤世间的浊气,去除人人的贪欲,让欲念降低,从个人的修养做起,进而推动到家庭、邻里、社会;人人时时起善念,再不断地推广出去,凝聚善念,自然人心的力量,就会往善与福的方向。

碳平衡、心平衡

人心不调导致自然失衡,想要恢复平衡,必须有一股大力量,这决不是少数人的力量即可,而需动员多数人。

"碳足迹"一词,大家都很熟悉:人类生活愈文明,就会消耗愈多的资源,排放更多二氧化碳,留下碳足迹。想想,只是我们的呼吸都会排出二氧化碳,再加上工业制造过程、交通来往,衣食住行的过程等等;如何才能让大气结构调和?这需要大家响应在日常生活落实环保;最怕的

是心不平衡,心若不平衡,如何平衡碳足迹?

较令人担心的,是人心的自私症候群。其实能平安度日,把握良能发挥人生价值,都要知足与感恩;若是贪求无厌,没有感恩心,时常为了谋取私利而在社会上掀起风浪,生活如何安定?

自本世纪初迄今,全球发生多次的强烈地震——大地裂开、楼房倒塌,连数百年、上千年的古迹也坍塌毁损。倘若天地之间不平衡,人还争什么?只图己利对自己有何帮助?自然界的不平衡,温室效应导致气候异常,人类的生活也将面临危机。

当务之急,应保护地球不再受毁伤,我们必须用爱,而且是无私的大爱去疼惜。社会上若是多数人仍以"私我"为重,而为所欲为,不为他人着想,地球就没有恢复生机的时候,大家也没有宁静的日子。

幸好有愈来愈多智慧型的觉悟者,致力宣导环保观念。大自然是大乾坤,身体是小乾坤,身体生病时需

云林麦寮的石化区,废气排放以及超量用水等诸多课题,皆考验
大众如何在经济与环保之间取得平衡
摄影／萧耀华

要有抗体抑制病源；大乾坤病了，也需要抗体的疗护。环保尖兵就是免疫抗体，免疫抗体若足够，自然病毒、细菌就会被降伏；希望天地之间达到碳平衡，大家应先心平衡。

佛陀教育我们，人人从自己本身做起，自我净化，化掉私己的心，去除偏私的爱，为大我而付出，也会有对大地、人类的大爱；若是能向内自修，所看到的一草一木、一滴水、一份阳光，组合起来就会是真正美丽清净的世界。

大家以智慧合心合力推动"碳平衡"运动，令人佩服也让人放心；我们不要怕人少力量小，只要有带动、有响应，就会有希望。

而今已有许多学生不仅在校园里推动环保，也利用周日到校外，挨家挨户宣导资源回收；附近居民了解回收的意义后都非常支持，纷纷将纸类、宝特瓶等分类妥，让学生们前往回收，也有居民被学生们的热情所感动，进而参与整理分类的工作。

此外,学生们积极推动"新食器时代",首先向同学们宣导——不要购买包装不可回收的饮料、食物,并请随身携带环保碗、筷、杯;然后走出校园,挨家挨户向餐厅、饭馆宣导,请商家的老板们支持,若是自行携带环保碗筷用餐,能给予优惠。有不少商家热烈响应,学生们将省下的钱存入助人基金,不但达到环保的目的,也可以帮助他人。

期待人人都能有智慧的觉醒,用疼惜的心共同推动环保。

环保小百科

台湾暖化情况严重,根据"气象局"统计,过去一百年,台湾年均温增加一点三度,是全球同期平均增速的两倍。根据联合国气候变迁委员会(IPCC)报告指出,全球气候变化温室效应是主要元凶,而温室效应加剧,肇因于人为活动大量排放二氧化碳所致。台湾于二〇〇五年每人二氧化碳平均排放量为十二吨。

|减碳从足下做起|

　　减碳抗暖化,已成为世界瞩目的议题,许多科学家不仅呼吁大家应提高警觉, 也为全球即将面临的危机进行研究,以寻求解决之道;诸如计划制造数以兆计类似航天飞机的天盖,用以遮蔽阳光、过滤紫外线;虽然工程规模浩大,执行难度高,却只能无奈地研发。

摄影 / Alexey Baskakov | Dreamstime.com

　　另一计划是向海洋洒铁粉,希望藉此促进绿藻生长,以利海洋生物的生存;然而也有科学家质疑,此举可能衍生生态问题。联合国为了缓和全球暖化速度,于二〇〇七年计划种植十亿棵树。这项作为是开源,更重要的在于须节流——少砍树;由于山林不断地遭受破坏,保护山林为当务之急。

不要认为减碳抗暖化与小市民无关,其实是息息相关,譬如我们推动素食,现今科学家证实素食得以减碳,不但净化个己的身心,减少饲养动物也能净化空气与大地。人与人之间需要的是爱心、善良的心,素食不但有益身体健康,同时培养道德观念,更是最好的保身养德之道。

只要下定决心,人人都做得到。二〇〇八年的世界地球日[注],推动中午熄灯一小时,仅仅一日节省二万八千八百多瓦的电,可谓滴水成河,聚沙成塔;倘若人人能克

【注】一九七〇年四月廿二日在美国的第一届地球日活动,促进现代环境保护运动的发展,与已开发国家环境保护立法的进程,并直接催生一九七二年联合国第一次人类环境会议。一九九〇年第廿届地球日活动,由美国国内运动向世界范围扩展,获得来自亚、非、美、欧洲及联合国等一四〇余国响应,逾二亿人参与地球日的活动,自此成为全球性的环境保护运动。近年以关注全球暖化为议题,世界各国致力于推动相关行动。

服享受的欲望，从生活中的食衣住行做起，力行节约能源，想想能省下多少能源，减少多少碳足迹。

台北的慈济志工在世界地球日之前，前往台北市繁华的东区街道宣导节能省电，获得五百家的商店响应，在周日晚间熄灯十分钟，以示支持减碳行动。

这是大家以诚正的心，投入宣导环保、减碳的理念，获得的肯定与共识。访问一般民众，大家都认为不要只为自己，应该要为人类、为地球着想，这是人人应有的责任；访问商家："熄灯十分钟，会不会影响生意？"

"影响到个人事小，攸关大众的、社会的、整个人类的，才是真大事。"听到民众打从内心诚恳地发出这份保护地球的声音，让人感到"德不孤，必有邻"，觉得很贴心。

环保必须脚踏实地从足下做起，有许多人以行动响应减少碳足迹的运动，无论是骑脚踏车上班，或是走楼梯以取代搭电梯，在在必须从自己的足下起步，从近而远地推动。

台湾每年都有大甲妈祖绕境活动，时间有八九天，这

马来西亚卫塞节游行盛况
摄影／陈联喜

是一项民间信仰活动,由此可见台湾人的纯朴与虔诚。每逢大甲妈祖起驾时，几乎大甲全镇镇民都以虔诚的心跟着妈祖走;不过人潮多,难免垃圾也会增多。

大甲的慈济人，多年来都跟在妈祖绕行的队伍后面捡垃圾、扫地,以行动宣传环保观念;而后积极地事先设点、宣导垃圾尽量不落地,有宣导就有成效。

马来西亚每一年有卫塞节,也就是佛诞节,全国放假一日。每年的佛诞节会有花车绕境活动,当地的

慈济人也会参与绕境。他们得知大甲慈济人能在民间信仰的活动中宣传环保，他们也仿效用心宣导，在绕境路线上设站，教大众做垃圾分类，还有人在队伍后面捡垃圾。

我们不仅仅自己认真做环保，还要推动环保观念；要推动观念，就必须从自己起步，才能有效地向外推动；若自己没做，如何影响他人一起做？不只是年轻朋友能做，老年人也可以做；不只是有钱人做，其实人人都可以做。

譬如只要随手关灯，小小的一个动作，众人合起来就是大动作。全民都能做到节能省电，对减碳抗暖化都有帮助，人人从自己的生活行动中，帮助整个地球缓和气候异常，不是很好吗？

能调伏自己的心态，好好地照顾自己的身心灵，培养这份爱心与善良的心，非常重要。这种简单又有效率的生活态度，何乐而不为？

你还可以这样做

　　疼惜大地,力行减碳三三三——为了普及地球暖化的危机意识,带动民众力行减碳,慈济基金会于二〇〇八年提出"疼惜大地,力行减碳三三三"的呼吁,亦即在生活中力行"素食、选择低碳里程食物、不浪费食物、多骑单车(多搭乘大众交通工作)、省水省电、惜纸、不追求流行、延续物命、不使用一次性商品"等九种生活方式,改变生活态度,就能为地球善尽一份公民的责任。

身心健康与富贵

　　以前的生活都在大自然中,虽然人们比较辛劳,但是生活品质却很好,人人取诸自然,尊重自然。现今社会有较多享受, 然而享受的背后却隐藏着许多危机——能源消耗、污染问题、身心懈怠等等;要解除危机,就要矫正偏差的习气,回复自然正常的生活。

　　一切都在人为,理想再高都需执行,所以我们必须身体力行。有句话"身勤则富,少欲不贫",这是一条人生致富之道,现代人常追求致富,其实致富有方法,譬如"开源不如节流",懂得节约、珍惜物命,既可减少消费,物资也不会缺乏,生活还会很丰富。

　　平日若能养成惜福爱物的习惯,连带地也会对身心健康有良好的影响;反之,若习于浪费奢侈、不尊重生命、不疼惜物命,也是对自己身心的一种伤害。要保护健康,就要从心态与生活形态做起;若能改变生活态度,回归简单、勤俭,大家能从善如流,也会形成一股清流——生活中自爱。

　　希望这股无形的清流,能让人心重新净化,并且冲淡世间的浊气。许多人汲汲营营追求富贵,什么是富贵?其实真正的富贵在于品格,心灵富有伦理、道德,才是人性之富;贵就是品行,贵在日常生活中,从自己的本性做起,言行举止都要有品行。

　　数年前,我们到安徽官渡,探访援建的慈济村,其中有一户人家,门楣上钉了一块"新风户"匾额,很引人注目,原来就是我们所谓的模范家庭。

　　受到表扬的是一个三代同堂的家庭，他们的家境虽然清贫，但是家人都富有孝道，媳妇勤俭持家又孝顺，每天陪着中风的婆婆出门散步，婆婆的一只脚不灵活，她就将婆婆的脚绑上一条绳子，每走一步，就把脚拉起来向

安徽省全椒县东垾慈济村
摄影／颜霖沼

前,这样扶着一步一拉,帮婆婆复健。每餐煮好饭,就先喂饱婆婆,服侍得非常周到;她轻声柔语地嘘寒问暖,像在疼自己的心肝宝贝般地疼惜婆婆。

不仅如此,他们对子女的教育也非常重视;家中只靠着先生种植一块贫瘠的土地,一年的大麦收成,只有一千多元人民币。大女儿看着父母如此辛苦,曾经想要休学打工,帮忙家计;但是父母不同意,认为穷不能穷教育,苦不能苦孩子,无论如何都要栽培儿女。所以除了自己耕种那块地之外,农忙过后还要做小工补贴;那种父慈子孝,孝悌传家,真是令人赞叹!

过去纯朴的社会,物资不丰富,却富有浓厚的人情,人人遵守伦理道德,勤劳俭朴的美德;期待恢复人情浓厚纯朴的社会,启发人的善良本性。

倘若每个人从个己的行动、心灵的观念做起,身心合一,落实生活中,那么人生的方向就不会脱序,能自富也能自贵。

第七章 食/心素食仪

人类为了饮食,长年以来,将大地污染得非常严重。例如,从前无论是稻米、杂粮或蔬果青菜,都是随着自然节气耕种、生产;如今为了随时可以买到各种青菜,就使用药物、肥料促其生长,让农作物即使在不同节令也能生产。有的则是以温室栽种,但是温室里需要控制温度、调节空气,就会排放二氧化碳。

更严重的是,大量畜养动物,为了畜牧砍伐树林,作为牧地或栽种牧草,破坏大自然的平衡;再者有些人为了加速动物生长,以获取利益,因而喂食生长激素等化学物质。

所以动物的身体并不健康,排泄物也不干净,致使土壤与水源受到污染。

　　我们要疼惜大地,最好能做到身心环保、减少畜牧,不仅有益于人体健康,对于空气也比较好,自然不会造成那么多的大地污染。

均衡摄取各类蔬果,营养健康无负担
提供 / 台中慈济医院

　　所以要从改变日常饮食习惯做起。饮食是以维持健康为目的,若能素食,不但可以培养爱心,也能让内心变得温和。

　　因此素食可说是身心清净的"健康食";我们推动"心

素食仪",期望大家饮食清淡简约,并且建立良好的饮食文化与礼仪,也藉此让大地回归自然。

你可以这样做
少食;
心素食仪。

|少食|

有一段时间,听到有人说:"饭不要吃太多,因为卡路里太高,吃太多会过胖。"所以很多人就不敢吃饭,其实米是人人生活中所需要,能维持生命,若是吸收过度,当然淀粉会使人发胖;但是为了减肥就不吃,导致营养不良,如此叫做"知其一而不知其二",造成偏差。

相对的,也常常听人说吃"补";真正的补,是为了身体健康,所以要补充一些营养。现代人常吃得太多,营养过剩,易造成高血压、心脏病、糖尿病等疾病。据新闻报

摄影 / Cedric Carter | Dreamstime.com

导,一锅肉类补汤要价五千元;老板表示,一天可卖百余锅。那锅补汤,真能补身吗？我想,可能会补得体态更胖,反而有损身体健康,因为肥胖，身体就不健康;甚至因身体不健康,心中本具的爱心也被障碍。

一日三餐,正好一个人的营养所需,吃得适量不宜过多,八分饱就够了。八分饱是健康之道,若能节省一点,留下二分,供应给不足的人家,不是很均衡吗?

饮食除了适量之外,也应适度。我常说"世间有一个洞填不满——鼻下横",生命的存活必须摄取养分,其实大自然给予人类五谷杂粮已很足够，我们若能自然地生活，与大地生命共存，则天地万物都平安。

多数人贪图口腹之欲，究竟有多少滋味？其实不过是三寸舌根的享受，一吞下肚，什么味道都一样。大林就有位幽默的陈老菩萨，他常与人分享："人很奇怪，师父说这张嘴吃尽天下万物，真的是天上飞的，除了飞机吃不下；陆地上跑的，除了车辆吃不下；水中游的除了轮船吞不下之外，什么都吃。"

在医院我们常看到许多病患，其中不乏因为饮食不当而生病的。多年前，有位中年病患，行动不方便，有半身瘫痪的情况，辗转来到花莲慈济医院就医，刚开始都以为是之前车祸的后遗症；经过神经内科的医师诊断表示，可能是脑中长虫。

为什么脑子里会长虫？医师追踪这位患者的生活环境。原来这位患者年轻时是伐木工人，大部分时间都在山上，有时会去猎打山猪，杀了以后，就用盐巴腌着，时常生

夏天的南台湾,条条河川都是急水奔流;雨季一结束,丰水不再,农业和民生用水就面临挑战
摄影／洪海彭

食这些腌的山猪肉。事过数年病症才渐渐发作,可想见不当的饮食,潜伏着多大的危机,幸好后来对症下药,慢慢痊愈了。

时闻疯牛病的病菌潜伏期长达七年,另有口蹄疫、禽流感,都是很严重的流行病。有人说吃脑补脑、吃肝补肝,事实上反而容易吃出身体的毛病。

还有许多人生食海鲜,活体动物本来就带有许多细菌，人体不一定都能适应，再加上目前的水质都受到污染；在其中的生物究竟已受到多少污染？谁也无法确定，食用这些海鲜除了自己会生病之外，也会感染许多病源。

饮食简单，除了能减轻身体负担之外，心理也会减少欲望。有一位七十八岁老阿嬷欢喜做环保，身体健康精神又好。她的家境优渥，儿女们都很孝顺也成家立业。

这位阿嬷很勤俭，连吃饭都很简单；当记者去她家访问时，看到桌上食物，她说："这个粽子是昨天人家给我的。""有时候若有面，也可以吃一餐。""有的时候就糙米配蕃薯，两盘青菜。"就是这么简单的生活。她并不穷困，却很知足，认为"做人要勤俭"，这是她的人生哲学。

全球有六十多亿人口，想想需消耗多少粮食？联合国的粮食组织为全球存粮提出警讯：已经有许多国家陷入粮荒，全球通货膨胀的压力，各地农粮因气候异常而歉收。在面临粮食危机之际，有专家调查，全球十六亿人口营养过剩，另有八亿多人陷入饥饿中，诸如海地因连年战

争加上天灾干旱,发生粮食短缺,人民已经没东西吃,真的是吃泥土,情况好一点的则加上些许青菜或青草,拌在土中,再放点盐做成泥土饼。

由于民生物资已经非常短缺,再加上石油涨价,让只产在海地中部的这种可食用土,运送各地的成本都随之涨价,泥土价格也飞涨,致使穷困人家连买土的钱都没有。以前形容穷困人家,穷到连土都没得吃,现在却是真实发生的事。

我们应该省思:人为什么要吃?究其根源只是为了生存。佛教称晚餐为"药石",意谓饮食是为了疗治

摄影／Dmitry Galanternik｜Dreamstime.com

饥饿。然而现代人饮食无度,看了很忧心,一个五六十元的便当就能吃饱,营养也足够,可是也有五百元一个便当,是否营养均衡?若是营养过剩就易造成健康的不调和。

有的人认为,生而为人就是要享乐,以吃多少名贵的食品来显耀财势,这都含有奢华的心态;若饮食过量造成肥胖,却又想尽办法运动节食、抽脂减肥,真是辛苦。想想,现今全球有多少穷困人家,连一块面包都没得吃,我们应该培养慈悲心,看待天下苦难苍生。

天地对众生多么爱护,有五谷杂粮供我们选择,如东方人吃米,西方人吃面食,高原地区吃青稞玉米;我们应该以感恩心回馈人间,调整好简朴的生活,粗茶淡饭菜根香,五谷杂粮才是真正的佳肴。大家明白饮食的意义适时、适量、适度,让生活均衡、身心愉悦健康,就是人最幸福的事。

大地是人类之母,运载着天地万物,一棵树、一枝草、一朵花,五谷杂粮等,都是大地提供给人类的资粮。如今

大地之母已遍体鳞伤，人类不知对大地感恩，反而开山、挖地，污染水源、土地，气候也不调顺了。

　　看看为了人类饮食，可知造成地球多少污染？以前饲养动物，都是在户外放养很自然，现在不论鸡、鸭、猪、牛，都不是自然饲养而生长的。由于人工饲养的空间很狭窄，喂食专门的饲料，有些甚至会施打荷尔蒙、生长激素等，那些化学成分，一旦残留于动物的体内，人们一吃下肚，对身体健康很不好。

环保小百科

　　据二〇〇六年联合国农粮组织一篇有关畜牧与环境的报告指出，畜牧业及其相关的人为活动，制造人为二氧化碳总排放量的百分之九、甲烷排放量的百分之卅七、一氧化二氮排放量的百分之六十五，其中甲烷（温室效应为二氧化碳的廿倍）和一氧化二氮（温室效应为二氧化碳的二九六倍）两者都是破坏力极大的温室气体。另外，畜牧业产生百分之六十四的人为氨气，这种气体对酸雨的形成难辞其咎。整体而言，全球畜牧业所排放的温室气体，达到全球总排放量的百分之十八。

就动物而言,饲养愈多,空间过于密集也容易互相感染疫疾,这都是很严重的事。所以才会推动尽量素食,吃得清淡些,对身体健康更有保障。

大量畜养动物,其实要消耗许多资源,也为大地制造污染;以生产一公斤牛肉为例,至少要用掉七公斤谷物、十万公升的水,还会产生四十公斤的排泄物、十三公斤的二氧化碳【注】。

我们应该要让大地有喘息的机会,恢复大自然生机。这需要天时、地利、人和,让气候按照四季轮转,春、夏、秋、冬四季分明,才能养育万物的成长,这就叫做"天时"。万物按照四季,该休息就让土地休息,春天该耕耘就要开始播种、灌溉,让农作茂盛;夏天万物要茁壮成熟,秋天就可以收成,这就是"地利"。

大地能利益人群,还需要"人和",倘若人人都能和睦,不会有贪婪造业,就不会破坏大地,所以人人要提起爱心。

【注】参考美国畜牧业之饲料肉量比率(Feed Conversion Ratio)。

你还可以这样做

1. 不浪费食物,吃多少、买多少。

2. 每餐吃八分饱,健康无负担。

|心素食仪|

素食对身心健康都好，许多专业的医护人员也提出青菜、水果对人是自然的健康食物,所以我们不食动物最好;一是尊重生命,其次保护自己,照顾好自己的身体,更重要的是,心要照顾好。

我们与其他众生一起生活在地球上，应该要互相尊重,所有的动物都有生存的权利;不论是天上飞的鸟儿、地上爬的动物、海里游的各种生物等都含括在内。我常在清晨时分静心聆听大地虫鸣的声音，甚至可以听到大地在呼吸的声音;天地万物的确很美,在如此大自然空间的生活,是不是大家都能平安、自在?

　　人生因一个"贪"——贪吃、贪物质、贪图享受,为了吃而杀害生灵,又大量畜养,如此恶性循环不已;素食是长养慈悲心,不忍食众生肉,为的是让我们的心也能更温和,也益于身体健康。所以,素食是精进食、健康食,如果有多一些人素食,杀生、杀业就减少。

　　记得数年之前流行疯牛病,引起大家一阵惶恐,当时有位妈妈带着幼儿园大班的小朋友来看我。

贼鸥振翅悠游,准备降落浮冰,唯有护生才能维持生态平衡
摄影／王志宏

小朋友对我说道："师公，我都叫班上的同学不要吃牛肉。"

我问他："你有没有吃牛肉？"

他说："不行，不可以吃。"

我问："为什么？"

他说："因为有疯牛病，吃了它的肉也会被污染。"

我问："你怎么知道这么多？你有没有吃？"

他说："师公，您忘了，我是素食的。"

他妈妈从怀有他时就素食，从小也不吃肉，在疯牛病流行期，他还会叮咛其他小朋友不要吃牛肉。

孟子说："见其生，不忍见其死；闻其声，不忍食其肉。"所以，我们应该多启发同情心、同理心、爱心。佛陀说："蠢动含灵皆有佛性"、"众生平等"，要救济众生，不只是救济人而是一切众生。

所谓"众生"，就是各种不同形态的生命，哪怕是蚂蚁、小虫，不一样的身形，都有同等的生命；倘若有同理心与爱心,就会疼惜生命,不忍伤害。

可是看到每有动物瘟疫时,人们大量扑杀动物,就觉得很不忍心。那些动物健康时,人要吃它,一旦有病,还要扑杀它。实应好好深思,为什么会有禽流感、口蹄疫、疯牛病的产生?

曾经看过一则短片,在养鸡场,刚出生的小鸡,就一只一只抓来打针,打针后就随意丢下去;令人联想,若是刚出生的婴儿,不都是小心翼翼地呵护着吗?

疼痛,它们也会叫;要捕捉时,它们也会害怕,要逃跑;动物们那种无言的呐喊,因果一定会有感应的。

我们推动"心素食仪",首重心要素、戒杀与疼惜生命——不只是人的生命,也含括一切万物的生命。心若没有调整好,什么众生肉都要吃,就会引起许多灾难。

有位研究疾病的学者曾经向我提起一件严重的事,那就是大家很关注的禽流感,其实还隐藏着一个危机;因为大量人工饲养,逐渐让禽类的生态改变。本来每种动物都有它们自成的世界,许多病菌是人畜不共生的,由于不

断地交叉感染，导致病菌变种，而人类或其他动物并无抗体，或者因人类使用太多抗生素，抑菌的效果也渐渐丧失。

所谓"病从口入"，无论吃什么东西，造了什么业，都必须从源头追溯。曾听过卖猪肉的人分享：杀猪时都会对猪说："猪啊猪，不是我要杀你，如果要讨命，不要找我，是那些吃你的人；他们不吃，我就不杀。"

总而言之，消费者太多，杀生的业也加重，所以我们应该要好好护生；护生不但保健我们的心理、发挥爱心，也是保护动物的生命。若人与人之间用爱交流，人与动物之间也用爱交流，就不会有传染病交流。

其实营养不一定在肉里，水果和植物都有营养，也能提供人体自然的营养素，因此还是少吃肉类，多吸取天然的蔬菜与水果比较理想。

我们推动"心素食仪"，除了食素之外，还希望人人"心素"——欲念淡薄、心念简单。其次也要讲究用餐时要"公筷母匙"，这是饮食的基本卫生，也是维护家人的身体健康。

环保小百科

蔬食主义：无论是持健康、养生、环保、宗教、爱护动物等的理由，愈来愈多人加入蔬食的行列，以天然蔬果、谷物为主食，舍弃肉食，追求清淡、简约的饮食料理，从坊间愈来愈多蔬食餐厅林立，可见社会已形成一股新的饮食潮流。

摄影／Rafer |Dreamstime.com

从发生 SARS 时，我们一直呼吁斋戒，要先调好自己的心，戒杀就是疼惜生命，万物都有生命，若能妥善照顾，就是守护健康——山有山的健康、树有树的健康、土地有土地的健康。大地健康，人就健康，人民健康，国家就健康，自然"风调雨顺，国泰民安"。

你还可以这样做

食用当地生产的食物，进口物品需要消耗大量能源运输到国内。

第八章　衣/简单素朴

　　以前的人要与人见面时，会将头发梳理整齐、衣服穿戴得体，才能见客人，以合乎礼仪。所以穿着简单、干净，表达礼貌即可。现今社会常见许多人为了赶流行，而浪费奢侈。诸如迷于名牌，一件衣服的价格达数千元甚至数万元不等，也有人深怕买不到而抢购；看到伸展台上所展示的服装，是展现人类社会文明的进步，或是强调设计感，却不一定适合穿于生活中，有的人却迷失其中。

　　穿衣重要的是，展现人生价值，及那份整齐端庄所流

你可以这样做

简单、素朴；
不追求名牌、流行；
价钱是虚的，价值才是实的。

露出的气质;从外表简单的穿着与庄重的形象,表达对人的尊敬,这也是一种礼貌。

简单就是美,朴素中能显出庄严;重要的是,心念简单,自然与人无争、与事无争、与世无争,如此才能轻安自在。

▎简单、素朴▎

文明的社会,衣着是一种礼貌,虽然制衣过程中也会制造碳足迹,但是不能因噎废食,所以应该力求简单、素朴、干净,以合乎身份与场合、工作为要,如农夫穿西装牵牛、种田、插秧,就不适宜;若穿着粗衣、卷起裤管,走进庄严的会场,也是不合礼仪。

理想的穿着,在于端庄、整洁。时下年轻人常因缺乏自信,想要展现个性的美,却受商品广告所诱惑,衣着特异或暴露,头发也染得五颜六色,引人侧目。

年轻人应该照顾好自我品格与形象,装扮适龄;因为

人生只有一次机会,什么身份就应有合宜的形象。

诸如慈济团体都须穿着"制服";"制服"就是"克己"——制服自己的心,不要邋遢,保持整齐的形象;一如警察有警察的制服,军人也有军人的制服,每个团体都有团体的形象,个人也应有个人的形象。

犹记南港有一位高龄九十三岁的阿嬷,尽管儿女事

慈济委员参与浴佛典礼,庄严整齐的人文形象
摄影／周振邦

业有成,她仍每天一早起床,先到自己的菜园,浇水、除草,然后开始一天的活动——做环保。从八十多岁投入迄今,已经做了六年的环保;这位阿嬷一生辛劳,由于先生早逝,年轻时独力抚养六名子女,什么粗工细活都做。

她并未刻意保养身体,只是守护心灵不受染着,非常坚强地走过来;同时她有一项很美的坚持——无论冬夏、晴雨,即使做再粗重的工作,都是穿着素朴的旗袍,顾好个人的形象。

早期社会,女孩子从小就要懂得一早起来打理好自己,装扮得干净伶俐,这叫做礼仪。我们曾在医院见到一位阿嬷为了感谢医师,特别穿上六十年前结婚时的旗袍,以示尊重,这也是礼貌;表达对人的尊敬,可以从身上的穿着、显现的形象、流露的气质中看见。

什么叫做美?其实自然最美。父母给子女的模样,就是最自然的样子,我们要懂得爱惜;真正的美就是端庄,尊重自己而不作怪。

　　人都会随着岁月而变化,初生时还是个小娃娃,不知不觉中长成可爱的幼儿,会爬、会走路,父母亲会帮小朋友装扮成小公主、小绅士,整齐干净就是自然的形象。慢慢地长大后,青春年华的年轻人,个个都是纯真、美丽,所以头发是什么颜色,就应保持什么颜色。

　　人种的不同就有不同的发色;我们是华人,乌溜溜的头发,整整齐齐的装束,就会予人很美的感受。

　　岁月不留人,头发渐渐花白,这正表示经历过岁月,累积丰富的人生经验;以前人说白头发是智慧毛,不经一事,不长一智,经过风霜岁月,表现在头发上,流露出庄重的品格,不是很好吗?

　　简单庄重是最好的人生。外在衣装的美,美在哪里?心灵风光最美,宁静、有爱的心境最好。

　　心境简单,自然欲望减少。犹记有位外籍新娘嫁到台湾已经五六年了,另一半是很不错的先生,规规矩矩地上下班,每月给她两万元理家费用。

她因为生活寂寞,很爱花钱,以为嫁来这里就是要享受,所以很不满足。有一天她在无意之中看到大爱台"人间菩提"的节目,她感觉应该改变自己,就加入"蕙质兰心班",去除常常想要置装的习性。

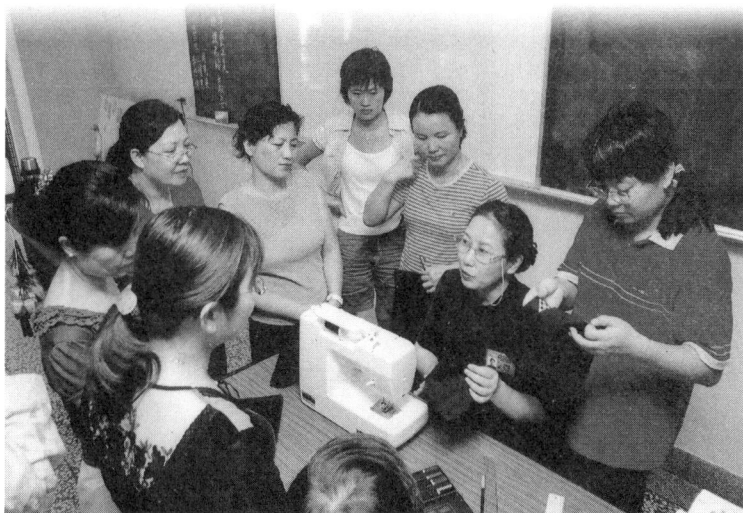

彰化外籍新娘参与"蕙质兰心"课程
摄影/刘宏毓

她的先生很开心有此转变,偶尔主动要带她买衣服,她说:"不用,我穿这一件慈济共修服就已经很漂亮了。"

不为一时的喜欢或追逐潮流就购买衣服,或是买了不

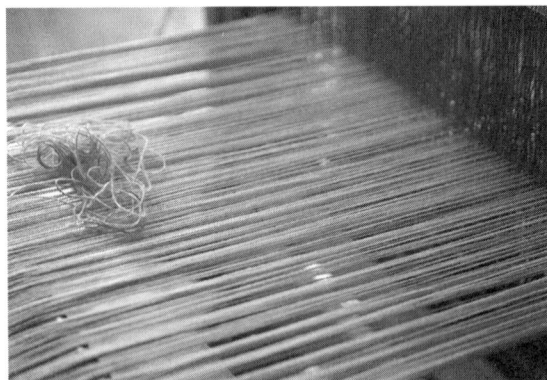

左图　摄影 /Rob Hill | Dreamstime.com

右图　摄影 /Feng Yu | Dreamstime.com

喜欢就丢弃再买;生活回归节俭,许多环保志工都是回收他人丢弃的衣服,洗干净之后再穿,不但惜福也是延续物命。

有的人认为,资源回收是在捡垃圾;其实"你丢我捡",而后将资源一一回收、分类,可以再制,让资源能源源不断,持续供大众使用,这也是造福。若一味享福而消费,其实是在消福。

我们能丰衣足食,应该要珍惜资源;一件衣服来得不易,从抽纱、织布,到我们的手上,经过多少人的努力,所以人人都应端庄、慎重地穿着,不但代表个己的气质与身份,整齐干净也是一种尊重——尊重自己,也尊重他人。

环保小百科

珍惜衣物:每件新衣的背后,都代表着有许多能源的消耗,制衣原料多取自石化产品与天然棉混纺等。据美国一项"永续棉花种植计划"(Sustainable Cotton Project)指出:传统棉花田占全球耕地的百分之三,却消耗全球将近百分之廿五的农药,以抵抗虫害,维持收成,以便供应量产成衣。现世界各地兴起有机棉的栽种,虽然成本较高,但所衍生的效益却可为后代子孙节省更多的支出。

| 不追求名牌、流行 |

从新闻报导中,常看到群众抢购名牌衣物,或是年轻人为了赶流行,而拼命打工筹钱购买衣物。有的不顾尊严投身色情场所,被警察逮捕后,问他年纪轻轻,为何要这样做?他说:"我又没偷没抢,谁管得了?"为了追求名牌、

慈济人身体力行铺设连锁砖,发挥生命良能
摄影／林宜龙

享受,不惜迷失、毁伤自己。

有许多富家少奶奶未投身慈善工作前, 也喜欢逛委托行、珠宝店,购买昂贵的衣服、鞋子等等,可是每天打开衣橱,总是觉得还缺少一件,于是再去逛街购买,再放在家里;其中不乏连吊牌都尚未拆下,一次也没穿过。

加入慈济之后,投入慈善工作,看到许多苦难人,逐渐改变自我价值观;有的到穷困家庭关怀,放下身段帮忙打扫污秽肮脏的环境;有的不怕日晒雨淋、工作粗重,到建设工地中帮忙打扫。

我曾问她们:"你们在家还要请人打扫,自己来做这种工作,感觉如何?"

她们说:"体会很多。首先,体会到劳力的付出真辛苦;其次很有成就感,原来我也有力量,可以打扫、扛重物。"

她们学会付出无所求,而且甘愿、欢喜,知道物质是身外物,懂得知福、惜福再造福,将多余的服装、首饰、书画等,集合做二手货拍卖,并将所得捐作慈善基金。这样的人生不但很有意义,也因这份爱的气质让她们变得更美。

时下有些孩子会比较名牌,我很期待孩子不要计较名牌,有得穿,穿得干净整齐,穿出人品典范,就是最好的名牌。孩子应该从小就要教育好,让他们懂得穿着的艺术。记得小时候,虽然没有名牌,但是身为学生就要穿制服,而且必须穿得很干净;即使回家穿居家服,也要干净整齐;假如有一点破洞,就赶紧缝补,若是破洞没有补,就会感到很羞愧,所以尽管衣服上有很多补丁,也总

是补好。

现在有的年轻人故意将裤子剪出一个个洞，还要露出须须。有一次委员与慈诚①把孩子带来，期待我能为这个孩子讲几句话，我看到他的衣着，吓了一跳，问他："你裤子怎么破了洞？是不是发生意外？有没有受伤？"

他的父母在一旁回答："这是孩子追求流行。"

另一位委员在旁边就说："这叫做乞丐装。"

好端端的一个人，为什么要扮演乞丐？我就告诉他："孩子，不要有这样的心态。平常要时时为自己祝福，不要形象上像乞丐。"

也有人为了追逐潮流，而将头发染成五颜六色；医学研究显示，染发易致癌，并有不少实例证明此说。英国曾有一则新闻，一名女子休克而死，追根究底原来是染发所致。为什么要染发？染就是污染，那么纯真、干净，为什么要污染？真想不通。

———
① 慈诚：男众居士发心恪守慈济十戒，经培训并授证，即为慈诚队员。——编者注

医师也提到有关皮肤的保养,应该好好地保持干净,毋需为了爱美去磨脸皮;因为脸部皮肤原本就很薄,磨得过度会受伤。此外,一罐化妆品数万元也有许多人趋之若鹜;其实化妆品含有化学成分,对皮肤的伤害就难以避免。

我认为人只要经常微笑,从内心真诚地表达真、善、美,不需要花钱妆扮就很美了;真正的美,是从智慧而来;当然需要有自信、智慧。

高雄曾有位慈济人沿街到商店、餐厅宣导环保,她挨家挨户地拜访时,商家不但不响应,还以为是诈骗集团的新手法,令她沮丧不已。

后来回家换穿上慈济委员的制服,佩戴识别证再去宣导,大家看到是慈济人,则纷纷支持响应,让她更有信心,殷勤地推动环保。

这是慈济人长年累月的身体力行,人人付出无所求,让社会肯定、信任,这件慈济的服装才能展现一股力量,感恩慈济人亲身走过、付出所成就的"名牌"——大家都认识的

标志。所以只要认真付出,一定能受到别人的肯定,这份肯定比价钱昂贵的名牌,来得难能可贵。

你还可以这样做

多充实内在气质,减少装扮外在,不穿戴过多首饰。

|价钱是虚的,价值才是实的|

一般人在生活中常常随波逐流,往往看到别人穿好、吃好、住好,就认为那是好的。其实,同样的一件衣服,胸前多一块牌子,价钱就差数十倍。

多年前,有位新进慈济委员,做委托行生意,因为常出国买衣服,我就问她:"为什么要到国外买衣服?"

她说:"我的主顾若知道我去国外一趟回来,店里的生意就会好很多。"

我问她:"一件衣服能赚多少钱,跑那么远,来回旅费怎么够？"

她说："不好意思，一件衣服有的要一万多元。"

我听了吓一跳，那时候的一万多元，可是一笔不小的数目，就问："是什么样的衣服？是貂皮大衣还是什么稀有质料？"

她说："不是，皮草一件可能要上百万元。"

听了真是难以置信，一件普通的衣服居然要价一万多元。她举了一个例子，有件衬衫挂在店里很久，每个走入店里的顾客，都会看看、摸摸而觉得不错，一看价格是八百元，就放弃了。

她很不解，为何这件衣服那么好，每个人摸摸看看就放弃了？有位老主顾来她店里逛就问："这件衣服很漂亮，是港货还是台湾的？"

她说："那是我两个月前去香港拿回来的。"

老主顾就问："真的吗？怎么这么便宜？"

她开窍了，老主顾离开之后，她就将这件衣服的标

价取下,多写一个零,变成八千元。隔天开店,这件衣服就被买走了,不过她感到赚得心不安,将那多出来的钱捐作善款。

这只是反映出买者的一种虚荣心作祟。难道穿上这件衣服,逢人就向对方说:"我穿这件衣服是八千元。"穿衣不就是为了要保暖、适礼吗?

有人则爱戴珠宝首饰,全身挂得叮叮当当,在我看来好辛苦;只要一颗钻石或珠宝,就能解决许多贫困家庭的生计,真是"富人一餐饭,穷人半年粮"。

其实这些珠宝放在床上睡起来还会刺人,放在家里不放心,还需花钱请银行保管;倘若能转个观念,舍出去可以救很多人,让很多的人生活稳定,不是很好吗?

有人听我这么说,很有智慧地将那些珠宝拿去助人,再看到她们的形态就是不一样,问她们:"有没有比较轻松?"

她说:"有!轻松又轻安。"

　　世间什么是宝？可用的物品才是宝，譬如没有饭吃的时候，珠宝不能填饱肚子；没衣服穿的时候，即使全身戴满宝石，还是会冷。所以，世间万物都有其功能值得我们珍惜。

　　近年来，看见宝特瓶的回收量很多，就请人研发能再制成什么，经过反复研究实验，终于做成轻薄保暖的毛毯，我们将这些毛毯运用在急难救助、冬令发放，温暖许

宝特瓶经慈济志工们收集、分类、清洗、去标，经工厂加工分解为再生酯，制成轻柔的毛毯、衣服、笔袋等，充分发挥物命
提供／慈济基金会人文志业发展处

多苦难人的身心。

后来因毛毯的质料很好，触感很舒服，就再制成卫生衣,和新的衣服质感毫无差别;原来许多衣料的成分也是来自石油,与宝特瓶的原料一样,因此回收再制,做出的成品也相同。

也许有人会认为不敷成本,从收集宝特瓶开始,需要耗用许多人力、时间,还要回收、分类,再清洗、磨碎,才能制为成品;但是我认为这些环保毛毯、衣物,价值不菲,因为那些宝特瓶若不回收再制,就会形成垃圾,还要多消耗地球资源制衣。环保毛毯衣物既减少垃圾,又能保护地球资源,价值不是很高吗?

只要有心,一切都在人为。大地资源总是有限,我们应该思考如何减少消耗,为孩子们留下一片干净的土地与充足的资源;因此日常穿着简单朴素,够用、适用就可以。重要的是,藉由穿着表现自己气质与礼仪,才是衣着装扮的最高价值。

你还可以这样做

　　为追求流行时尚,常须花费大笔置装费,不如发挥自己创意或不同的点子,将旧的衣物稍微修改,若不懂得缝纫,亦可花点小钱请裁缝师代劳,旧衣可新穿或新配。

第九章 住/心宽屋宽

现代的社会普遍都丰衣足食，有人认为有钱就要享受，然而即使房子很大，布置得富丽堂皇，却还是不满足；倘若如此，心会快乐吗？房子需要这么豪华吗？

证严上人言："屋宽不如心宽"，心灵开阔，住家自然宽敞
摄影／黄美之

常想,一个人躺下来,只要一张三尺宽、六尺长的床,就能睡得很安稳;住的地方干净,能遮风蔽雨就足够;吃得饱、睡得稳、穿得暖,是人生根本的生活,其余的生活物质都一样,是帮助人生活的工具。

我们要学会理家,物质足够的时候,必须懂得珍惜使用,缺乏的时候,也不要计较埋怨。

人生并非拥有许多外在财富,才会快乐,真正的富有在于内心,心若不满足,也不算富有。

所以与其追求住宅的宽大、舒适,不如拓展自心的宽大与自在;心念一转,自然能将钱财用于利益人群。

时时能和他人结好缘、累积福报,就是最圆满的生活。

你可以这样做

放弃铜墙铁壁的豪宅;
屋宽不如心宽;
窄屋生活。

| 放弃铜墙铁壁的豪宅 |

人往往在社会潮流下,引诱我们的心向名利追求;若受名利束缚,犹如被绳子捆绑,无法从自我内心解脱。

我曾去过一位志工家,这位志工企业经营得不错;一到他家门口,只见高高的围墙,厚实的铁门,才按门铃,就听到门后有好几只狗叫得非常凶猛。不久就听到有人在呼喝,要将狗关起来;可是明明听到人已经在门边,却迟迟等不到开门。原来门上装有透视孔,可以从里面探看访客是谁。

当门打开时,看到是他家的佣人,他赶紧请我们进去,并且去请主人出来。我见到那位志工就说:"你家有如铜墙铁壁,你也像是把自己关起来,为何如此辛苦、不自由?"

他说:"这也是没有办法,治安不太好。"

听了我也感到很无奈——层层关卡将自己关在一个

小天地里,再养许多狗来看家,开门前还要谨慎地看看来者是什么人,真是不快乐。

有一次海外的慈济委员,回来对我说:"某某人一出国,到处都有豪宅。我们跟着她住,有天她半夜起来时,要去厕所,找不到路。"

原来她有太多房子,偶尔才去住,连自己的房子都很陌生,一时忘记到底在哪一国,哪一个家?完全失去方向感。其实盖了这么多豪宅,还要花钱雇人住他家打理与维护,可知有多少人没有房子住、没饭吃?

记得早年我到乡下访贫时,接触了一位独居老人,他家门开着,在门口叫他,没有人回应,于是我们就进去,前后绕了一圈,还是没看到人;问邻居之后,才知道他前一天已出门。我们就问:"他什么时候回来?"

邻居说:"可能明天吧!"

我说:"他的门开着,会出去那么久吗?"

邻居的回答很妙:"屋子里什么也没有, 穷得连鬼都

不想进去,何况是小偷;不用关门,他每天都很自由地到处走走,看他很快乐。"那时候听了觉得这位老人多么自在;尽管物资缺乏,但是身体却很健康,出门不必关门也没有挂碍,很洒脱又没有烦恼。

有人认为,有钱必然很快乐,谁不想追求财富。财富多就快乐吗?其实并不尽然。佛教说"财富是五家共有",就是水灾、火灾、贪官、强盗、不肖子孙共有。

现今世间天灾偏多,无论多么富强的国家,一旦遇到天灾,灾民同样是苦不堪言。

近年来美国频传山林大火,连续延烧数十公里,不只是森林被烧,富有人家的大豪宅,或是穷困人家,这场大火都是"一律平等",同样付于一炬。即使再有钱、有势、有地位的人,一旦灾难来临也是有可能沦为灾民。

其次是"贪官污吏"。这虽是古时候的用词,不过现代社会也有类似的问题,如税赋的征收、国家政策制定方向

四大不调,水火无情,人类对自然应有戒慎虔诚之心
摄影／杨秋菊

的公平与否,也会影响到民众的收支与生活。

再来是"强盗"。看过一则新闻,一位菲律宾的出租车司机,买国营彩券得到头奖,他就置产买房子,同时赶快请客,请客之后第二天,就被七个蒙面者劫财害命。

最后是"不肖子孙"。有人很有钱,孩子偏偏是不肖子,在外面把钱花光,吃光,赌输了,债务就让长辈、家庭负担,这种情形也很多。

　　所以财产是否能独得?一个人能享用多少财产?一张口,能同时吃几碗饭?一个身体,能同时穿几件衣服、睡几张床? 有形的财富是五家共有,只因一念贪,所以烦恼不断地衍生;哪怕是短暂的享福,苦也潜伏在福中,等到福尽之后,苦果现前,将是无边际的烦恼。

　　有智慧的人,除了懂得赚钱之外,还懂得知足与正确的理财,才不会身陷欲念苦海而难以自拔。其实人生最快乐的就是轻安自在,付出的欢喜是无法用金钱换取;生活的快乐,并非住豪宅就能享受到,只要能放下欲念,自然就会得到无价的轻安。

　　社会上多因人心烦恼与私利心,导致人与人之间对立,互相欺骗、伤害,而造作恶业,恶业累积就会发生灾难。如能不自私、不计较、互相关怀,没有人造恶业,就没有灾难;人人平安,自己当然就能平安。

　　我们的社会其实仍充满了爱心,只要人人安分守己,照顾好自心,付出不求回报,这样的人生就会很美。

静思精舍景观一隅
摄影／萧锦潭

环保小百科

重视绿色环境：参考"内政部"公布绿建筑九大指标中的"日常节能指标"设计居家，如建筑应善用地形风，并加入日照考虑条件；注意植物与建筑的关系，以及与气候之间的互动，选择外墙建材阻绝热能的吸收，就可利用凉爽流通的空气，降低室内温度，同时兼具采光，达到减少使用冷气与电灯等电能。

| 屋宽不如心宽 |

人人生在天地间，我们也要有个小空间，住的地方不是要豪华、宽阔，而是如何能将有形的物欲缩小，将无形的心念开阔。

我常说"屋宽不如心宽"，一个人的生活，刚好适用即可，何必求多余的，重要的是懂得满足。

贫与富，不在于金钱的多寡、地位的高低或权力的大小，而是取决于心灵是否满足。新店有位高龄九十余岁的老荣民，是位少欲知足又乐观的老爷爷；虽然独居，但是与邻居互动良好,大家都很喜欢他。

由于他的生活清苦,住的屋子破旧又易漏水,以致屋内潮湿,所盖的毯子都发霉了;平常用水缸接雨水喝,捡拾邻舍的柴草炊饭,经常三餐不继。

慈济志工们前往探访老爷爷时,看到这种情形,很不忍心,就想帮他修房子;然而房屋破烂到难以修理,就想帮他重建,老爷爷很感激慈济人的爱心,却碍于土地是邻居的。邻居得知慈济人要帮助老爷爷,马上说:"没关系,我们的土地可以暂时借给他盖房子住。"

当慈济人盖好一间小而坚实的房屋时,老爷爷直说谢谢,他很高兴也好满足;表示从来没想过会有这么好的房屋住,而且有骑楼,可以和邻居在此聚会聊天。

另一位老爷爷中风卧床,年轻时娶了一个智能较低的太太,太太能做的只是帮他清理大小便,清完了就往屋后一丢,所以家里脏乱不堪。他家附近有慈济人做社区关怀,动员社区志工去关心,先帮他将屋前屋后清

　　扫一番，还帮老爷爷擦身体，志工体贴地帮他翻身抓

痒，换上干净的衣服。

　　其实这位老爷爷有一栋不错的房子，再加上荣民津

贴，经济方面没有什么问题，只是女儿不学好经常向他要

日光遍撒山谷，大地呈现一片宁谧祥和
摄影 / 管忆华

钱,甚至骗钱;不知是否因为如此,这位老爷爷很看重金钱,尽管领有津贴,却舍不得用。

他很依赖慈济人,但是心结却打不开,一直希望慈济人能给予更多的帮助。志工虽然没有给予金钱上的补助,仍常去关心他,每次探望欢喜总是短暂,接着他就会哭诉:缺什么,或是需要什么。每次听到他的哭诉,就知道他平时的生活,内心多么不快乐。

人生,心灵富有最重要,心若囿于物质欲望,即使拥有再多也会感到不足,这就是贫穷;反之,物质生活清贫,并不影响心灵的充实。俗话说"知足常乐",自己快乐、欢喜,就会让别人也快乐;自己无求满足,就会得到很多人的爱。

许多人拥有财富,却宁愿自己俭用,放弃享受而时时关心他人,这就是造福的人生,也是最有福的人生;尽管每个人不见得都能住豪宅,却可以有美丽宽广的心宅。

九二一大地震后,有对年轻夫妻让我很感动,他们穿

着普通，当时带着他们的孩子来看我。这对夫妻环境小康，一家人住在租来的阁楼，小小一间很简单；他们一直有个心愿，努力工作存够了钱，要买房子及车子。好不容易，努力地存下一笔钱，正计划去看房子，刚好发生九二一地震，他们毅然将这笔积蓄悉数捐出，慈济人看到他们的家庭环境，住屋条件也不是很好，不敢收下这笔善款，还劝他们不要一次全捐，要顾及自己的生活。

他们说："我们很幸运，住在阁楼也没有被吓到，现在还有能力租房子，一家过得很安心。"

这就是"屋宽不如心宽"，他们对那些人瞬息之间家破人亡，能感同身受；尤其是希望工程亟需捐款，他们认为想买房子还可以认真赚钱再买，助人要及时，因此奉献出积蓄，并且希望媒体不要采访，能让他们安心地做善事。

如何做到"心宽"？每个人若能善解，人与人之间的相处，才会幸福。时时刻刻有宽大的心，宽宏大量地包容他人,而且能知足;大家彼此感恩,就没有"难"。

以前人心单纯,随着社会的经济发达,欲念不断地扩大,感恩心愈来愈淡薄,人性的单纯善念渐渐消退,这是令人担心的。如何让善良的心启发出来?只要人人发自于内心的爱,自动自发撒播爱的种子,能付出无所求,而且知恩、报恩,社会才有希望。

你还可以这样做

参与社区改造——一群人比起一个人更能够节约能源并改善生活环境,所以多多参与社区活动,提出社区绿化与省电节能的建议,带动邻里一起做。

|窄屋生活|

心无餍足的人,会一直活在追逐中,世间财是赚不完的,贪求的欲念是填不满的。

　　日本有则故事——一位名叫清吉的年轻人，自小失去父母，却是个性乐观、豁达的人，做事十分勤奋，不论工作多辛苦，始终保持着愉快的笑容，对人也很有礼貌。村人都说："当心中烦闷时，只要看到清吉脸上的笑容，自然就会开朗起来。"

　　清吉家的隔壁住着村里的富翁，虽然富有却不快乐，脸上经常一点笑容也没有，心里总是烦恼满满。若有亲友找他，就会赶紧回避，看到邻居也不会打招呼，理由是：他这么有钱，若常与亲友邻居往来，大家一有困难就会向他借钱，所以他一概拒人于千里之外。

　　富翁每天都有很多烦恼，担心收租时，能否收

摄影 /Yuriy Brykaylo | Dreamstime.com

到钱？租金收到后，要放在哪里才安全？家里会不会遭小偷等种种忧虑，因此日子过得很苦恼。

　　富翁看着清吉每天工作回来时，都很快乐地边走边唱歌，心想：清吉那么穷，住的房子又小又破，为什么还那么快乐？我之所以不快乐，是因为有很多钱吧？如果清吉有了钱之后，是否还能快乐地唱歌？

　　有一天，清吉回家时，富翁主动向他打招呼："清吉，来我家坐坐吧！"

　　清吉平时待人就很和气，虽然不明白富翁要做什么，还是跟着富翁进到他家。富翁问他："看你每天那么快乐地唱着歌，真羡慕你。你一年究竟赚了多少钱？"

　　清吉回答："一年赚多少？我没有仔细算过。"

　　富翁又问："那你存了多少钱？"

　　清吉回答："虽然我每天很努力地赚钱，可是有时连吃饭的钱都还不够，怎么存钱？"

　　富翁说："这样吧！这些钱送给你。"

清吉说:"我怎能拿您的钱?"

富翁说:"这些钱是要谢谢你唱歌给我听,请你收下吧,何况你赚的钱只够吃饭;如果存些钱,有急需时就可以用。"

清吉谢谢富翁的爱心,收下钱高兴地回家。富翁自认开了一帖让清吉不会再唱歌的药,心想:今晚应该不会再听到他的歌声了,可以好好地睡一觉。

没想到,清吉的歌声又传来了,而且唱得比以前更加嘹亮、持久。

富翁很生气,觉得给清吉那么多钱,他应该会和自己一样担心才对,为什么还唱得这么快乐?富翁便去问他:"你今晚的歌声,为何比平时更嘹亮?"

清吉回答:"非常谢谢您给我那笔钱,不过,我觉得有那么多钱放着不用,和没钱是一样的,我就将那笔钱拿去分给更贫苦的人,他们都很高兴,也很感恩您的好心,所以我特别以更嘹亮的歌声回报您。"

富翁听了之后,心想:原以为给了那些钱之后,他会因此而烦恼不已;没想到他只有一点点钱,就能和大家分享;而自己拥有这么多钱,却还常嫌不够,天天为此苦恼不已,实在惭愧。

一个人以有限精力追求无止境的欲望,犹如夸父逐日终不可及;过去我认识一位家境富裕的人,但仍时常见她以泪洗面,问她:"你还有哪里不满足?""人,人使我不满足。"其实追根究底是心不满足,求得物质又会要求更多。

因此,我们的心要时时保持宽阔,才会不求名利、不放逸欲望。所罗门群岛一位部长表示:来台湾已三次,每次都看到高楼大厦、气派的豪宅,所以原本想回国建一幢豪宅居住,但是参观过环保回收站,环保志工们如此地疼惜地球,令他改变想法,要回去推动"窄屋"生活——房子够住就好,小一点亦无妨,最重要的是绿地要留得大些,多种树。

中部横贯公路的封闭,梨山地区的农产品多转由雾社及宜兰支线
运送下山;交通往来无不是大地负荷
摄影／刘衍逸

所以能克制自己欲望，实践"窄屋"生活，相对地就能留住更大的蓝天绿地，这是保护地球、保养人生最好的方式。

你还可以这样做

日照充足的地区，如果装置太阳能热水器，不但方便安全而且可节省七成以上的瓦斯和电费。日照天数较少的地区，可选择热泵热水器，其原理是取自空气中之热能。

第十章　行／节能减碳

　　根据新闻报导指出,台湾每人平均二氧化碳排放量,是亚洲第一名(二〇〇五年),不要认为减少碳足迹不差我一人,减碳必须从每个人足下做起。

　　碳足迹如何产生?只要有人的地方,就会产生二氧化碳,除了每个人的呼吸呼出二氧化碳之外,个人在日常生活中则以"行"的部分产生最明显的二氧化碳。

　　无论是搭乘飞机、车辆,无不释放二氧化碳,何况一两个人就开一辆车,想想空气怎么不被污染呢?

　　现代人讲究休闲,假日出外游玩,到处都塞车、人潮拥挤;每逢高山下雪,就有许多人赶赴赏雪;然而高山道路蜿蜒难行,加上路面积雪结冰,非常危险。

　　大家一窝蜂地上山,一路塞车而进退不得,种种的不便也会导致身心俱疲；再者，汽车在沿路排放大量的废气，造成严重的空气污染,遑论游玩中所制造的垃圾。

所以我们应该自我克制,生活简单朴素,生活用品应多惜福;行的方面,近程就走路或骑脚踏车,长程则选择共乘,或是搭乘大众交通工具,减少个人开车,就可以减少二氧化碳的产生。

节能减碳是一种观念,落实到生活中人人都做得到,大家都应该要节约能源,保护我们的地球。

你可以这样做

走路、走楼梯；
骑脚踏车；
少开车——搭乘大众交通工具、行车共乘。

|走路、走楼梯|

以前的人出门多半步行，上街动辄需要走上半个小

时,距离稍远的地方,一两个小时也是正常的事,大家都习以为常。现代社会交通发达,不知从何时开始人们愈来愈少走路,稍加走一段路就觉得疲累。

大陆的长春市提倡步行上班,差不多半小时以内的路程,都提倡大家走路;这是最干净的,而且可以当作一种运动,对二氧化碳的减量也很有帮助。此外走路还能亲近大

佛教大林慈济医院,蕴含人文之美,也是守护生命的磐石
摄影 / 吴宝童

地,感受泥土与青草的芳香,启发我们疼惜大地的心。

其实只要从改变生活习惯做起,并不困难。大林慈济医院楼高十六层,他们提倡不搭电梯,要走楼梯,院里的同仁都带着欢喜心响应走楼梯。有人表示,要多利用自己的资源,有体力就是要运动,才会健康,这是平时要训练的, 将走楼梯当作爬山也不错。为此院方也提出奖励办法,鼓励同仁上下楼走楼梯。

而今大家都纷纷响应要节约, 因为发电不但消耗许多能源,还排放大量二氧化碳,所以要节省用电。我们提倡少搭电梯、多走路、走楼梯,也是达到运动功能;不要认为大家都搭电梯,不搭白不搭,其实电梯一激活,加上载重量,必消耗不少能源。

我们不能只要享受, 不付出劳力, 享受是欲念的开始,会衍生与造作许多恶业;所以不要怕辛苦,不论用水、用电,节省是举手之劳,大家都有责任。

有群幼儿园的小朋友, 老师平常教导他们生活要懂

得节俭,勤行好事;这群小朋友克服自己买玩具、吃零食的欲念,省下零用钱,定期捐出做好事。

有一次老师带他们到学校附近的养老院慰问老人家,出发前问孩子们:"你们要走路去,还是坐车?"

大家异口同声地回答:"走路。"于是老师带着小朋友一路走到养老院,小朋友们很恭敬地向老人家们问好,还用小手帮阿公、阿嬷们捶背按摩,旁人见了都觉得很可爱。

在回程的路上,有人问小朋友:"你们走路累不累?"

"不累。"

"为什么不累?"

"走路,不用一滴油。"

的确,走路不需要耗用车油,就是减少碳足迹;希望

环保小百科

走班族:长春市不少人步行上下班,或上下班少乘车,希望用走路的方式锻炼身体、愉悦心情和减压,人称为"走班族"。

人人都能勤俭——"勤"要多动,勤走路、走楼梯;"俭"就
是少花用,就能节省资源与减碳。

你还可以这样做

多走楼梯:走楼梯有助训练肌肉和增加心肺功能,哈佛大学研究,每周运动一百五十分钟,可降低心血管疾病死亡风险。

限乘电梯:某些办公大楼会限制低楼层者搭乘电梯,鼓励距离近的人走楼梯,或对单数、偶数楼层做特殊设定,让员工多多走动。

每日一万步:运动有益健康,专家建议"走路"是低冲击性的好运动,可以强化心肺功能和肌肉,提升关节活动度,促进肠胃蠕动、体内代谢,降低罹患慢性病及癌症的风险。

|骑脚踏车|

空气污染应如何改善? 最好的方法是人人改变生活

方式。例如屏东有一乡公所，从乡长到员工都骑脚踏车上班，一段时间后他们都表示很好，以前开车不但要担心有没有停车位，而且一个月差不多要三千元的油费；骑脚踏车上班省下油钱，也不再担心找不到停车位的问题。

摄影 /Publicimage | Dreamstime.com

他们也有人表示，骑脚踏车能运动，对身体健康很好，因为进了办公室，一坐就是八小时；再者骑脚踏车不会排放废气，对空气比较好……总而言之，有许多的好处，所以不一定都要各自开车或骑摩托车，总是有解决交通的方法。

曾看过一则新闻报导，有一群青少年骑脚踏车环岛，不是去旅行游玩，而是到处做帮助人的事。虽然这群青少年也曾经懵懂、打斗闹事，但是经过辅导后及时回头，改变了观念想法，希望藉由骑脚踏车环岛作为自我磨练。

他们到独居长者家中，帮忙打扫清洗，重新油漆粉刷；去收养残疾的抚育院，疼惜那些年纪相当却身有残疾的人。老人家看到清理干净的家，露出欢喜的笑容，并向

慈济基金会同仁响应骑脚踏车
摄影／吕学正

他们道谢与称赞，这群青少年受到大家的疼惜、赞叹与爱，让这趟单车之旅，不但打开他们的视野，也让他们身心重生。

身体潜能不断地发挥，就能够克服重重障碍，不怕交通不方便。看看许多国外人士向往台湾地区秀丽风景，都是以脚踏车环岛旅行；我们有幸生在美丽的宝岛，何不在日常生活中好好地享受户外美丽的风光，也培养自己心地的风光。

诸如一群在港口工作的员工，由于港区广阔，原本港区内交通都是以骑摩托车为主，后来大家有志一同改骑脚踏车，有时一天来来回回要骑上五六十公里，不仅欣赏优美的港口风光，身体也锻炼得更健康了。

慈济志业里，也有许多同仁响应骑脚踏车上班，有位同仁不仅骑脚踏车上班已数年，而且数年如一日，途中还会捡拾可回收的资源，常见他脚踏车上挂满瓶瓶罐罐的回收物。

其实人人都有本具的潜能，此项与生俱来的功能一

环保小百科

单车热： 在世界各地吹起的一股单车热，已延烧数年，不只是对抗高油价时代的来临，其实会蔚为风潮，也象征着个人追求个性与生活品质的新趋势。

定要发挥，不用很可惜。现代人大都习于消费，诸如吃得太多，过胖又想尽办法减肥，就会用到许多健身器材原地踏步，以求达到运动效果，倘若真正地运用我们的本能，

壮阔的冰山在日益严重的暖化中，加速崩解。此为南极冰山壮观一隅
摄影／王志宏

出门自己走路，就不必一直"原地踏步"。

所以凡事必须从自己做起，人人都有本具的潜能、体力，倘若不使用，如同将与生俱来的潜能浪费了，那就十分可惜。

少开车——搭乘大众交通工具、行车共乘

十九世纪发明汽车，随后量产销售，近年来更是一人一车；一百多年来不但造成许多污染，也消耗许多能源，光靠阿拉伯国家产油，已渐不敷使用。

自一九六八年起，美国在阿拉斯加开凿油井，开始了北极的第一口油井，北极冰山遭到破坏；本来大自然的南、北极有自然的保护地球作用，近来两极冰山不断地崩解，不禁深感忧虑。

现今关心地球暖化危机的学者们也发出声音，节能减碳人人可做三件事：第一，不食肉；第二，少开车；第

三,少消费;这与我们推动环保、简约的理念,可谓不谋而合。

　　大家都应该以减碳观念为重,善用大众交通工具;台湾的交通四通八达,十分便利,诸如大都会里已经有了捷运,若是大家尽量搭乘,不但省油,又能节省时间,也不会有交通阻塞的问题,还能准时到站,最重要的也是减碳。

　　远程的地方,还是可以选择公共交通工具,诸如尽量搭乘火车,就可以减少路上的车辆。有些地方公共运输工具达不到,或者距离太远仍需开车,则应尽量共乘,能少一部车上路,就减少一些废气的排放。

　　若每个人都很自爱,大家都有"少我一辆车,就会减碳"的观念,就不必大车小车争相上路,只图个己的便利;多搭乘公共交通工具,能减碳才是重要的事。

　　例如这两年来我们利用网络科技——计算机视讯,过年时大家互相拜年,平时开会、每日与各地志工的分享,如同时常见面,不但能常常联络感情,也不必开车、坐

摄影／Moon

车往返。

倘若大家能尽量利用大众交通工具,以及减少开车,除了碳足迹的问题之外,还能减少许多衍生性的破坏,诸如为了建停车场,许多建筑物必须开挖地下室,有的甚至下挖四五十米,如此开挖会不断地破坏地壳。

为容纳那么多的车辆行驶,还必须辟建更多道路,道路若是开在山区,就要开山凿洞,破坏大自然的水土;设在平地,路面层层水泥、柏油封闭地表,也会阻碍地下水的吸收与蒸发。尤其台湾常有台风过境,

在新闻报导中，看到台风后的灾情，山区路毁、桥断，农作物损失不少，要重建真是辛苦。养护道路的工人，必须冒着危险维修山路；桥断了，望水兴叹，如何抢修才能通？

我们不仅要居安思危，还要敬畏天地，好好地思考：灾难祸源从何而来？其实大自然不容许我们不断地破坏，凡事恰好行得通就好了。发展经济的这数十年来，水土被破坏已经够多，标榜经济发达，不断地开辟道路、开挖山区，大小车、重型机械来来回回地压行；想想，大地如何承受得住？

山一破坏，水土保持就会失去平衡，雨一下，土石就往下冲；山上泄下来的洪水，突然将溪床涨高，河水溢流将农作物破坏殆尽，这都是连锁效应。

常闻"人定胜天"，其实是人为扰乱天地自然的运作。原本大地之母孕育、庇护众生，任凭万物以及人类践踏，吸收大家所制造的废物，转换为养分持续滋养万物，生长五谷杂粮,维持着和谐的平衡;如今因为人类的贪念,不断地破坏、污染,大地之母已经显现疲态,没有那么大的力量吸收人类造成的严重污染,也无法提供干净的自然资源。

看到灾难接二连三发生,人在灾难中总是很渺小,面对惊世的大灾难,应该要有警世的觉悟。我常说"走路要轻,怕地会痛",一定要敬天爱地,抱着恭敬的心对待天地,这和"不忍地球受毁伤",是同样的道理。人能平安才是福,不要太自夸自大,倘若人不敬重天地、为所欲为,很令人担心。

消弭灾难需要每个人的力量,唯有人类深切地反省,真正消除心中的埋怨、对立与瞋恨,启开自己清净善良的本性,用这份虔诚、慈怀柔肠的心,人与人之间彼此敬爱的力量,才能真正纾解地球面临的危机。

你还可以这样做

聪明开车：行车时不要猛加速或急煞车，减少车上摆放物品，并于较长暂停时熄火，以减少耗油与废气排放。

减少不必要的出差行程：善用网络、数位会议，减少不必要的长途差旅，不但工作舒服，也有助环保。

选择在地旅行或直飞：旅行是现代人重要的生活休闲，尽量选择大众交通在地旅行，减少油料消耗，若需出国，选择直飞的班机以降低二氧化碳排放量。

图书在版编目(CIP)数据

清平致福/释证严著. —2 版(修订版). —上海:复旦大学出版社,2012.7(2014.11 重印)
(证严上人著作·静思法脉丛书)
ISBN 978-7-309-08635-5

Ⅰ.清…　Ⅱ.释…　Ⅲ.随笔-作品集-中国-当代　Ⅳ.I267.1

中国版本图书馆 CIP 数据核字(2011)第 250455 号

慈济全球信息网:http://www.tzuchi.org.tw/
静思书轩网址:http://www.jingsi.com.tw/
苏州静思书轩:http://www.jingsi.js.cn/

原版权所有者:静思人文志业股份有限公司授权复旦大学出版社
独家出版发行简体字版

清平致福

释证严　著

责任编辑/邵　丹

复旦大学出版社有限公司出版发行
上海市国权路 579 号　邮编:200433
网址:fupnet@fudanpress.com　http://www.fudanpress.com
门市零售:86-21-65642857　团体订购:86-21-65118853
外埠邮购:86-21-65109143
上海市崇明县裕安印刷厂

开本 890×1240　1/32　印张 7.25　字数 89 千
2014 年 11 月第 2 版第 2 次印刷
印数 5 101—9 200

ISBN 978-7-309-08635-5/I·661
定价:25.00 元